死亡，別狂傲
蘇恩佩 著
U0938388
死亡在我看來……
並不那麼可怕……
然而生活下去
卻是不簡單
——蘇恩佩——

死亡，別狂傲（復刻本）
作者／蘇恩佩
總編輯／馬鎮梅
責任編輯／廖迎祺
文稿審校／楊碧瑤
美術設計／劉碧雲
出版發行／突破出版社
香港沙田亞公角山路33號突破青年村
電話：2632 0000　傳真：2632 0388
電郵：breakthrough@breakthrough.org.hk
網址：http://www.breakthrough.org.hk
http://www.btproduct.com
承印／陽光（彩美）印刷有限公司
1981年10月初版1刷
1998年6月初版18刷
2002年7月修訂版1刷
2008年9月復刻本1刷
2023年12月復刻本4刷

Death, Be not Proud
by So Yan Pui Josephine
First Printing, First Edition, October 1981
Eighteeth Printing, First Edition, June 1998
First Printing, Revised Edition, July 2002
First Printing, Rejuvenated Edition, September 2008
Fourth Printing, Rejuvenated Edition, December 2023

Printed in Hong Kong
ISBN 978-962-8996-12-4

封面題字為 1981 年初版濛一的設計 。封面照片一直在突破青年村紀念蘇恩佩的春分茶室內展覽 。手稿是作者 1972 年的文章〈我能為這個城市做什麼？〉。素描像作者：喜蓮 。內頁襯紙花飾摘自蘇恩佩的劇本遺作《春分之後》1975 年首演的海報。

本書經文取自《新標點和合本》，版權為香港聖經公會所有，承蒙允准採用，特此鳴謝。

本書採用環保油墨印刷

生　命　禮　讚

關懷、連繫、復和、

溝通、對話……

凝視心之脈動，

直到重新尋獲自己的心。

目錄

再版序　是誰使萬物止住？

當生命向她開展的一刻——年少的恩佩有讀大學的機會，她卻選擇放下自己的計劃，往偏遠市鎮教育一羣被遺忘的孩子；及至她再有機會留學放洋，追尋理想，卻在一剎那知道自己一直患癌，甚至迎向死亡……似乎每次正要邁開一步，就發現原來生命是與死亡共舞。有時為成全別人，容讓自己的夢想暫時消逝；有時理想漸漸實現，死亡卻也挨近了。

〈死亡，別狂傲〉的詩句，最能表達恩佩的心靈。

或許終生多受肉體的折磨，然而，順着恩佩的目光從永恆中回望，她的手握着永恆的印記。即使死亡的陰影是如此接近，她沒有懼怕，卻以無比的堅毅與年輕人同行，分享來自十架的力量如何使她安然走在死亡邊緣，讓生命的光輝蓋過死蔭的幽谷。

她看見年輕人早衰的眼神，她不甘願年輕的生命太早枯萎。在美國留學時，宏偉的芝加哥建築羣之中，華人教會青年瑟縮一旁，既不懂中文，甚至對自己的身分也感到模糊，他們怎樣面對大學教育的思想衝擊、城市的誘惑與挑戰？教會要怎樣為他們裝備？

在這期間，恩佩透過寫作（如小說《仄徑》等）問道：「為什麼全球最優秀的人才都擠到美國？為什麼沒有人願意回到亞洲服侍在苦難與窮困中的人？這就是基督徒信仰的委身與順服於基督的主權嗎？」一般人為自己尋找最理想的發展空間，本是理所當然；若是要為別人的緣故，放下理想，捨去自己的生命空間，卻需要更大的勇氣。

靠着從神而來的眼光和智慧，她見證年輕生命的種種可能性。她期望這一羣青年人可以在信仰上紮根，追尋生命的可貴，無懼面對知識的大海，在選擇專業的時候不忘家鄉的苦難和掙扎。

恩佩忠於她的呼召，選擇回到亞洲，在台灣投身學生工作。當時台灣的國際定位迷糊，大學校園瀰漫着悲觀的「存在主義」。恩佩認定大學生需要有自我申訴的空間，《校園》雜誌由此誕生，希望成為「基督徒知識分子的時代見證」。可是，大學生真的是社會良知麼？到底什麼是知識分子的時代見證？

一直以來，我們的社會都在塑造「成功」的年輕人，要出人頭地，要有學識；卻有沒有想過大學生受了高等教育，不是為自己而活，而是要扶助社會裏的弱勢社羣，進入黑暗，將光明帶給別人？

當恩佩後來轉往新加坡休養，正處身這樣的一種以經濟和科技為上的社會，以社會工程管理為主導的政治氣候。她想像散居當地的華僑，極需要有自己的文字，講自己的故事。結果她在極其缺乏資源的條件下創辦《前哨》雜誌，讓青年人書寫自己的生命掙扎，提出自己的信仰反省。

作為香港人，彼岸的經歷何其相似。香港經過一百五十年殖民統治，青年人缺乏身分的立足點和委身的對象，而社會又只重物質與功利，追求的盡是眼可以見到的東西。青年人缺乏栽培心靈空間的園地，生命又怎能起飛？

我認識恩佩，是從會考那段日子閱讀《仄徑》開始，後來我當《中學生月刊》總編輯，邀請她當徵文比賽評審相識了。其後我們一起籌備《突破》雜誌，她稱我為「弟弟」，因為我在出版委員會中年紀最小，卻總愛暱稱她「奀皮姐」(普通話「恩佩」諧音)。我們思想愈來愈接近，她跟我分享很多創作靈感。恩佩真誠地為失落的青年人祈禱，她以大無畏精神迎着黑暗，將自己的生命燃燒，對我的感染力很大。我反覆思考：

我的生命，可以怎樣與城市的命運結連？我自己的心靈世界又有多廣？作一個摘星星的人，目的是為了幫助在天涯海角被遺忘的一羣人嗎？

青年工作和學生工作是恩佩的日思夜想。那時病重的恩佩每天坐在牀邊，看見報章大篇幅刊登色情電影廣告，看見這城市在經濟起飛之際生命卻如此貧乏，青年人沒有夢想，年輕的生命被壓迫。她不相信石屎森林可以監禁青年人的靈魂。她不希望年輕人自掘墳墓。她聽到他們內心掩不住的低調吶喊：「我們要突破！」

恩佩回應這份吶喊，她在《突破》雜誌創刊號的〈突破雋言〉裏這樣說：

「牢籠禁固不了那雙翱翔的翅膀

嚴冬冰封不了泥中的種子

生命的樂章就要迸發

這一刻已經來到！」

她向基督徒和非基督徒的青年人發出挑戰：「耶穌基督呼召一個人是叫他死！」她引用潘霍華的《獄中書簡》，她介紹抗戰的美國民眾……她希望香港的青年人有廣闊的思想空間，有生命的永恆視野和不怕死亡的心志。

「與其咒詛黑暗，不如燃燒自己。」如今被「火柴人」*承傳的名句，已成為無數青少年成長路上的勉勵，深受歡迎。這正是恩佩的雋語，可以總結她一生的態度。

她在死亡的身旁創辦雜誌，在醫院的病牀上寫稿，在失常的血壓之下寫劇本。死亡，有何足懼？她看清楚人心靈與肉體爭戰的終極結果。她不相信宿命，只相信創造和救贖的生命。

小小的樂章，可以震撼人的心弦；小小的雜誌，可以孕育一代青年人；柔弱的身軀，可以挑戰死亡。人雖然死了，仍舊說話。

因此，《死亡，別狂傲》再版，是香港及各地華裔的一份祝福。一位無懼於死亡的人，向我們作出邀請，一起走進燃燒自己生命的行列，使別人得到燭光。

---

*「火柴人」是突破機構原創的勵志象徵物，受蘇恩佩的雋語啟發創作信念，成為今日青少年熱愛的角色品牌。

恩佩於 1982 年 4 月 11 日復活節離開世界。如今，在寫此序的時候，再次重溫恩佩在青年人和我生命之中留下的痕跡，深覺是一種恩典和祝福。願我們都可以從她的生命接觸到那一位賜人生命的基督。

是誰使咒詛變為祝福
　　使死亡變為生命
　　使滅絕變為希望
　　使萬物止住驚歎
　　使心折服
　　使空間停住
　　使時間凝固
恩佩找到了身懸十架的那一位
藉着她的生命和見證
我們也可以找到那一位

梁永泰

突破機構總幹事

2008 年 8 月

自序

從青春期開始，我步上死亡的旅程。

帶着癌活了超過二十年到底是一種怎樣的生活，是我在這裏要講的故事。科技進步帶來的治療到底是福是禍，治療會不會比疾病本身更可怕，也是我要引出的問題。不過我在這裏最重要的是做一個見證人，見證在步向死亡的旅程中，在人類共同受咒詛的厄運中，上帝如何插手，將祝福注入咒詛，將一個軟弱的受害者變成有用的器皿。

在寫作過程中，我盡量用了平實直接的文字，因為一個本身已相當戲劇性的故事若再加以矯飾，恐怕會顯得過分沉重。

死亡不但與我為侶，而且給我的啟迪特別豐富。透過死，我不斷在學習生之智慧。

1981 年 10 月

1

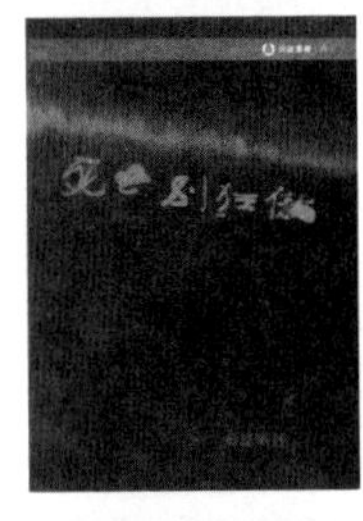
2

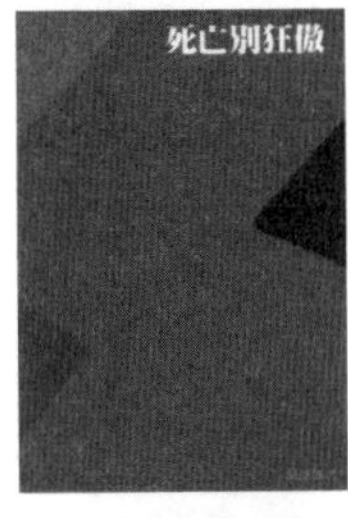

3

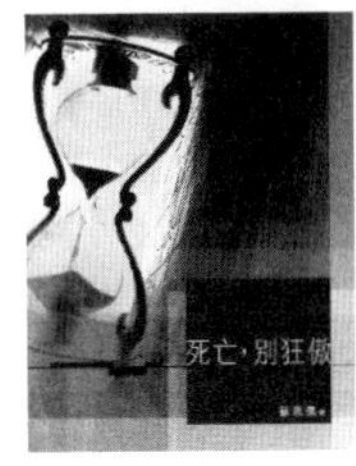

4

復刻本説明

《死亡，別狂傲》1981 年初版，作者蘇恩佩翌年離世。初版發行 18 刷次，至 2002 年修訂再版。

蘇恩佩最初的寫作藍本是七十年代發表的兩篇文章——〈只有祝福〉和〈仍是祝福〉。2008 年復刻本重尋書中失落的片段，對照初版面貌作修復，理順故事時序，重新編排。其中最主要的補遺，是作者的屬靈宣告，現重塑成本書新章〈仍是祝福……〉。

恩佩安息以後，突破運動不曾停止，由單一的雜誌媒體演變成今天多元化的面貌。當年一同創辦突破的蔡元雲醫生與梁永泰博士特別為復刻本撰文，既補充恩佩的生平及時代背景，亦透過他們的見證，展示恩佩的生命如何延續至今及以後。

在初版及修訂版收錄的其餘悼念文章，連同恩佩的相關作品，將轉載至以下網誌——

http://www.breakthrough.org.hk/So_Yan_Pui

2008 年 8 月

---

1. 1973 年 6 月台北校園團契出版社　2. 1981 年 10 月初版　3. 1998 年 6 月初版 18 刷
4. 2002 年 7 月修訂版

Death, Be Not Proud (Holy Sonnet)

by John Donne (1572-1631)

Death, be not proud, though some have called thee
Mighty and dreadful, for thou art not so;
For those whom thou think'st thou dost overthrow
Die not, poor Death, nor yet canst thou kill me.
From rest and sleep, which but thy pictures be,
Much pleasure; then from thee much more must flow,
And soonest our best men with thee do go,
Rest of their bones, and soul's delivery.
Thou art slave to fate, chance, kings, and desperate men,
And dost with poison, war, and sickness dwell,
And poppy or charms can make us sleep as well
And better than thy stroke; why swell'st thou then?
One short sleep past, we wake eternally,
And death shall be no more; Death, thou shalt die.

死亡，別狂傲

死亡，別狂傲，縱或有人稱你
聲勢駭人，然而並非如此；
那些你自信可以推翻的人
是不滅的，可憐的死亡，你未能殺我。
從憩息與睡眠，（這不過是你給人的形象）
產生不少樂趣；這樣，更豐富的還要從你產生，
而瞬間我們當中最好的人都隨你而逝，
他們的身體得安息，靈魂得釋放。
你不過受命運、機緣、帝王、絕望者奴役，
與毒藥、戰爭、疾病為伍，
然而罌粟或符咒也會得使我們入睡，
而且比你的魔力更高明；你為什麼沾沾自喜？
短短的睡眠過後，我們將永遠醒來，
而死亡遂不再。死亡，你要喪命。

〈死亡，別狂傲〉（十四行詩）
——約翰．多恩 著；蘇恩佩 譯

若是上帝取回

若是上帝

取回我們看為寶貴的東西，

那是因為祂要另外賜給我們

更寶貴的東西。

——在病室遇上的一位宣教士

我曾經……

在我生命後期才認識我的朋友很難想像我曾經是個多麼健康的人。多年的體弱，加上自己不發奮，鑄造成一種弱不禁風的林黛玉典型。可是健康是我曾經擁有的財富。

呱呱墮地時的記錄是八磅——該算驕人的成績。嬰兒和幼年時代一直是個胖嘟嘟的娃娃，圓圓的蘋果臉泛起一對迷人的酒窩，大家都喜歡抱我，逗我玩——以上是祖母、姑姑、阿姨們忠實的描述。在我記憶中我沒有病過，我是結實、強壯的，而且心地很好，每逢媽媽煮什麼雞湯之類，我總想到我那三個臉色青黃、瘦瘦小小的妹妹，就對媽媽說：「雞湯給妹妹喝吧，我不需要。」

我雖不是個運動能手，卻很愛戶外活動。遠足、爬山，都是經常的活動。記得我們很喜歡跟英國老師*上大帽山去，連續三個小時不歇息地走上山，也不覺得很費勁。還有一次我們幾個「死黨」同

*作者就讀的英華女校，由倫敦傳道會差派女傳教士任教師。

學在一個假日的清晨，漫步於半山區的叢林溪澗，經過通往太平山頂的一條渠道，突然雅興大發，不知誰提議（很可能就是我）沿着水渠爬上山頂去。一呼眾和，我們毫不考慮地就開始爬。那條渠道相當陡，除了一節節圓滾滾的水渠，根本沒有路徑，連立足的地方都沒有。我們是真的用四肢爬上去，沿途驚險百出，只要手一鬆、腳一滑，即可掉個粉身碎骨。當我們終於爬到山頂，雖汗流浹背，全身髒兮兮，但那種成功感使我們雀躍歡呼，至今仍津津樂道。

少年人的傻勁雖然是主要的因素，然而這一樁趣事也足以證明我有個結實的身體。我的心臟和肺部功能一直都是健壯的；除了胃部略為過敏之外，其他部分也都是很正常、很發達的。富於幻想的我可以想像自己遭遇各種苦難，可從沒有聯想到疾病。

上天不但賦予我健康的身體，而且體內繁殖着蓬勃的音樂細胞。

小時候假如有人問我的「第一生命」是什麼，我會毫不猶豫地說：音樂（或更準確地說——唱歌；甚至超乎文學之上）。我像一隻百靈鳥整天唱個不停。我有唱不完的曲子，也有我自己編的曲子；我唱出我的快樂，也唱出我的憂鬱。

我相信我確曾擁有過一副動人的嗓子。我的兩個哥哥最愛聽我唱歌，他們每年暑假從外面回來，總愛哄我打開鋼琴，邊彈邊唱，唱他們醉心的抒情歌曲。少不更事的我，卻在感情方面非常投入，一曲唱罷，哥哥和他們的朋友無不動容。

不記得是哪一年的聖誕節，哥哥送給我的聖誕禮物是一張瑪麗安．安德遜（Marian Anderson）的唱片，還帶着一番鼓勵的話。疼愛妹妹的兄長竟然一番傻勁地盼望妹妹追隨瑪麗安．安德遜的腳蹤。老實說，雖然那時候我年紀輕，也曉得自己缺少了這位本世紀最偉大黑人女歌手的天然本錢（只須看看她厚厚的胸膛，便知道那把圓渾有力的聲音從哪裏發出來），我的聲樂老師也說我個子太小了，比較適合唱室樂和抒情歌曲。然而我還是有自己的夢想、自己的野心。

那一年，我剛剛開始學聲樂，計劃着學法文、意大利文，憧憬着歐洲……我有許多計劃，都是為我自己的。

那一年，那扭轉了我一生命運的六十年代初……

病的序幕

那一年，我動了四次手術，接受了三次放射治療程序，我的健康毀了，嗓子毀了。

其實誰也不曉得癌細胞什麼時候在我體內生長。其實更早的時候已經發現脖子變粗了，不過因醫生說那是「女孩子發育時期正常的現象」，便不再理會。後來在咽喉附近長出一硬塊，長成一個瘤的樣子，也沒怎麼注意。我們家沒有常常看醫生的習慣，況且我的健康情況沒有任何令人憂慮的地方……

直到那一年的夏天。沒有預兆，沒有警告，我的嗓子突然啞了。整整十天完全講不出話來，後來雖然嗓子重開，聲音總是沙啞的。

那一個夏天，我見了好多名醫，服了好多消炎藥水、咳嗽藥水，總不見起色。直至見到一位耳鼻喉科專家，才提出頸部的疑點，才介紹我去見另一位甲狀腺科專家，這才揭開我的病的序幕。

接着展開一連串的檢查，最後醫生要我入院做一個切片手術。那是我生平第一次進醫院，第一次動手術。不能説當時沒有愁煩、沒有焦慮，可是在記憶中沒太多牽掛，也不算緊張。多年之後，在我獲悉真相之後，才從家人的描述中，曉得原來當時一羣名醫為了我的個案，多次開會，激烈辯論，要決定那是否癌症，應不應該把整個甲狀腺和許多淋巴腺割除。

醫生們的討論和決定我固然無從曉得，可是家人和朋友的反應怎麼會逃得過我的耳目?! 一向自認天性敏感的我，怎麼可能看不到他們臉上的焦慮、眼中的憂傷?! 這是我自己一直無法解釋的。

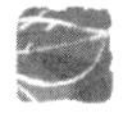

這些年頭癌疾變得普遍了，治癌的方法進步了，痊愈率也高了，於是漸漸消失一點恐怖感；可是在那些日子，「癌」的陰影的

確構成心理上很大的威脅，對癌的恐懼恐怕比癌本身產生更大的災害。如今想起來，在那些日子，家裏的人其實是代我背負了極重的心理負荷，天天給癌的陰影籠罩着他們的生活。

懵然不知的我卻在醫院過得好輕鬆。切片手術不算是什麼嚴重的手術，雖是全身麻醉，可是醒過來後不到一、兩天便可活動自如。當時我另一位好友也剛進了同一所醫院，我們兩個女孩子不知天高地厚，整天結伴在醫院上上下下地跑來跑去，吱吱喳喳聊個沒完，幾乎是樂不可支。

不過這種日子是短暫的，暴風雨已在天地間凝聚，大片黑暗即將迎面撲來。

我的好友開始了她的治療，藥物的副作用使她的頭髮脫落，直至禿了頭。這場病引她走進一段不短的幽谷，身心所受的創傷非三言兩語所能盡述。至於我，漸漸意識到事態的嚴重。

院方給我從公眾病室換到一間雙人病室。醫生和護士向我解釋要給我動一個大手術，把頸部的瘤割除，同時也要把整個甲狀腺割掉。他們小心翼翼地措詞，恐防震盪了我的情緒，我卻只是乖乖地點頭。「甲狀腺」這名詞對我是陌生的，它有什麼作用、什麼重要性，我還沒研究過。

不過動大手術總是樁大事，我心裏也有點忐忑不安。尤其在動手術前一天，當父母親來探望的時候，我才真的意識到事態的嚴重。那個早晨我還很平靜、舒暢，可是下午他們來訪的時候，我的平靜就給打破了。他們的憂慮現形於色，使我很難過，甚至煩躁起來。

「動手術又不是什麼大不了的事，為什麼緊張得這個樣子?!」我不忍見他們難過，竟煩得動了怒氣，外表則裝作滿不在乎，力勸他們早點回去休息，晚上不要再來。咳，可憐當時不知底細，哪曉得雙親心境的悲戚?!

晚上探病時間父母親又來了，情形更加尷尬，尤其父親緊張得坐立不安，想表達他的關切又不知道怎樣表達。我沒想到情況會弄得這麼糟，一下子也手足無措，不知如何應付。

探病時間過去了，雙親一再踟躕，終於也得走了。臨走前父親走近我牀邊，伸出手來摸摸我的額角，又摸摸我的掌心，口裏含糊地説着：「是不是有熱度啊？……」其實我哪裏有熱度，父親也明明知道我沒有，只是老一輩中國人都不慣於流露他們的感情，可憐父親在那痛苦關頭，愛女情切，卻又苦於不知如何表達……

我不禁完全軟化下來，柔聲勸他們不用掛心，將一切憑信心交託上主。把他們送到門口，兩老的眼眶紅了，我很快地轉身跑回房間，眼淚不能抑制地淌下來。我第一次為自己的安全禱告：「天父，為着父母親的緣故，求你保守我安全渡過這個手術，因為我不忍心教父母親傷痛！」

除了這一段小插曲，我的心境一直保持得意外地平穩。動手術的前夕，醫生和護士都比平常更柔聲地安慰我：「你害怕嗎？不用怕！」我搖搖頭微笑着説：「我不怕！」

奇怪的是我真的不怕。本來膽小、容易緊張的我，害怕是正常的，究竟我從何得到那份平靜？在給推上手術室之前，打麻醉針的前一刻，我只有一個很單純的想法：

「馬上我就要失去知覺了，當我醒過來的時候，只有兩個可能，不是在河的此岸，就是在河的彼岸，而兩個可能都是一樣好的。當然我很願意回到這邊來，這邊有我親愛的家人、朋友；不過若是醒來在彼岸，也將有千萬天使迎迓我到天父懷中，我將見到我救主的榮面，還有我摯愛的小妹妹*……」

至此我悟到原來對永生早已有十分的把握，所以對死亡無所懼。

---

*作者有一早夭的妹妹，葬於香港薄扶林基督教墳場。

死亡，我想想……

第一次接觸死亡，死亡的形象並不可怖，甚至是奇特的美麗。

我的病室想是朝西的吧，打開落地長窗，整片港島西面的海就橫在眼前。即使坐在病牀上，透過那面小窗戶，也可以清晰地看到西邊的海，黃昏時一隻帆船鍍着金光迎向日落之處。生命的終結對我而言正是那金光燦爛的日落之處，山的背後是未知的、引人的、充滿神奇詭祕的境界。

一向以來，死亡對我很有啟迪，而且相當羅曼蒂克。從初中時代我就愛到墓地徜徉。那墓地是個大花園，依山傍海，春天開遍了紫荊和杜鵑，紫色的花瓣飄落在載着淡淡哀愁的天使像上……

我愛在一個一個墓碑前駐足、沉思。每一塊墓碑都是一個人生的故事，也往往載着許多親人的眼淚和懷念。給我印象最深的是一雙姊妹花，在往上海同一架飛機上罹難（很久以前的事），她們的父母把事情始末詳細刻寫，悲痛之情躍於石上。另外還有一方特別小的墓碑，出生和終結的年月日竟是同一天！噫，一個剛開始生命即夭逝的嬰孩，在父母眼中也是一樣可懷念的。

我愛坐在墓碑旁的石階癡癡地想，想人生。一方方沉默的墳墓卻反覆地訴説生的故事。而眼簾盡處，是那一片寂靜的海灣，永遠只有一面孤帆鍍着光輝駛向無垠的海天之際。

宣教士的一句話

的確，死亡在我心目中並不那麼可怖，然而生活下去卻是不簡單。

從麻醉藥的昏迷中醒過來，我就面對痛苦。痛苦不僅是傷口痛、針藥痛；不錯，動過手術後渾身一無是處，不過那些苦再苦很快就過去；痛苦是發現我的嗓子啞了，美好的嗓子再也不會恢復。

痛苦是當我的體力漸漸恢復，而我嘗試去唱歌的時候，竟連一個音都發不出來。

事隔多年，如今當別人都不曉得我曾是一個歌者，連我自己都幾乎不記得我曾經擁有過一副美好的嗓子，我已無法描述當日那刺心之痛。只記得我掙扎着，不肯接受那事實。我掙扎着發音，卻不成音。我盼望着當傷口痊愈，嗓子就會恢復；可是傷口痊愈了，嗓子卻沒有恢復。當時我不曉得原來聲帶已給損害，沒有一個醫生向我解釋這些事，沒有一個醫生了解這件事對我多麼重要。

只有同房那位年長的西國宣教士，她看見我垂淚，她體會到我的掙扎。在動手術的前一個晚上，她是最後一位聽到我唱歌的人。

面對夕陽西下萬丈金光的情景，我忍不住低吟一曲〈日落之那邊〉。雖然那時候嗓子已有些沙啞，不過仍然保留一些原有的音質。

「我喜歡聽你唱歌，」她由衷地說：「你的聲音很甜美。」

「最近有點沙啞哩，」我忙為自己解釋：「自己聽着也怪不舒服的。不知道動過手術以後會怎麼樣——」

她一定體會到我的焦慮。她可能早就猜到結果，她也是惟一給了我安慰的人。藉着她講的話，上帝教導我如何透過屬靈的眼光去衡量事物。

她的名字我早已忘記，出院以後我也再沒有碰到過她，然而她滿蘊着同情又滿蘊着睿智的一句話，卻使我一生受用不盡：

「若是上帝取回我們看為寶貴的東西，那是因為祂要另外賜給我們更寶貴的東西。」

當時我實在不曉得還有什麼「更寶貴的東西」，我只知道我失去了很寶貴的東西。

治療帶來的苦難與磨練

大手術後我算是復原得很快，然而當我正慶幸自己不久就會回復正常生活的時候，真正的打擊才逐步向我逼近。

從那個時候開始，我過着另外一種生活，正如一位內分泌科專家對我說的:「是的，正常人很難了解你所過的生活。」為他這句話，我要感激他一輩子。

出院後兩個星期，醫生便和我商榷再次入院開刀的事。據説頸部右邊還有一些淋巴腺脹大了，須要割除，我沒有多問，乖乖地又給動了另一次大手術。

這手術後不久便開始接受放射治療。我對放射治療一無所知，不過醫生給我解釋説，這一種療法性質比較猛烈，治療時不會有什麼痛苦，可是以後會有些不良的副作用。

當時我還不曉得「以後的不良副作用」會怎樣嚴重、深遠地影響我一生，然而放射性的威力馬上嘗到了。做完第一次治療，三天三夜我不能動，天昏地暗，簡直不曉得發生了什麼事，只是不停嘔吐，什麼食物都不能進口，整個治療過程，苦不堪言。雖然每次到醫院進行治療，只是靜靜地坐在一副儀器旁邊，什麼感覺都沒有，然而一天天過去，體內卻起了很大的變化。

首先是頸部的皮膚給灼得黑炭一般，難看得很，出外都要以領巾繫着，免得太礙眼。其次我的味覺完全變了，無論什麼食物進口，都變成苦澀，難以下嚥。可憐的母親，每天費煞心思，為我去張羅一些可以吞得下的東西。同時我的喉部乾涸難忍，需要大量水分滋潤，有時甚至像擘裂一般疼痛。多少個晚上喉嚨痛得無法入睡，母親就在牀邊為我禱告。還有就是咳嗽和痰多。咳嗽令我胸口作痛，喘不過氣來；痰多得全部積聚在喉部，不停要吐。筆墨如何能盡罄那些日子的煎熬?!

放射治療程序完了，我已衰弱不堪。費了兩、三個月的調養才略略恢復。接着醫生提出要動第四次手術。醫生提出這個要求的時候，也面有難色，不過因為頸部左邊又發現有幾顆淋巴腺脹大了，非要割除不可。醫生看我那呆着的神情，連忙安慰：「這次手術規模比較小，很快就好的，甚至不用全身麻醉，只要局部就行了。」（事實上後來發現這次手術復原得最慢，大概是接受過放射治療，體力已大不如前。）

於是我又接受了第四次手術。

這一切我都柔順地聽命，從來不多問，也沒有抗議。然而當醫生和我談及要再次接受放射治療的時候，我的眼淚奪眶而出，簌簌地沿臉頰流下來，我對着醫生哭了。

這位初入行的醫生日後成了放射治療科專家，當時他滿注同情地看着我，很想找一些話來安慰我。他了解我為什麼哭。手術再苦我也撐得過去，可是教我如何去描述放射治療加諸我身上的惡果?!——其實那時候我還未明瞭這種放射治療將會給我的一生帶來怎樣的苦難。

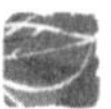

最後一次放射治療完成之後，我已經變了另外一個人。有很長的一段時間，我不但不能唱歌，也根本不能講話。除了必要時以手勢或紙筆表達，我變成完全緘默了。

緘默不是我的本質。自小學入學，就不斷獲得講故事比賽、演講比賽、辯論比賽優勝的名次；班會代表、學生會代表總有我的份兒，我善於發言、善於表達；我也喜歡聽自己的聲音。如今，我開始被迫學習沉默的可貴：在聆聽不到自己底聲音的世界裏，專心地去聆聽別人的聲音、上帝的聲音。

後來雖然嗓子漸漸恢復，然而變得很沙啞，很不喜歡聽自己的聲音，而且講話仍然有困難，於是我大部分時間保持緘默。

至於唱歌，那殘酷的事實是鐵一般的了。有好多年我完全不能唱歌。莫說瑪麗安·安德遜的夢不復可尋，連星期日參加教會崇拜，或平日參加其他聚會，也無法和大家一起享受歌頌的樂趣。別人看我呆瞪着詩歌本的字，總不開口，一定覺得奇怪，誰曉得我隨着詩歌的旋律，心靈裏頭淌着血……或許說，我比別人更留意詩歌的字句和意義，不過我也渴想能唱出聲來。我渴想得心裏絞痛……多少次赴演唱會聽別人在台上唱歌，我在台下噙着眼淚。孕育多年的願望和夢想已給砸得粉碎。

在康復的路上，我一次又一次地受到打擊。我不斷以為總有一天我會完全恢復正常，然而在所有手術和放射治療都完成以後，卻發現從此我是一個要靠藥物維持生命的人了。

我每天要服的藥有三種：一種是甲狀腺丸，用以補足割掉了的甲狀腺的功能；此外是鈣片和一種含有強烈維他命D作用的藥。我一直不曉得後兩種是做什麼的，很遲以後才曉得是為了補足同時給割掉的副甲狀腺的功能。

原來醫生在調整這三種藥的分量上動了不少腦筋，而且不同專科的醫生又有不同看法；我自己則糊裏糊塗，只覺得整個人很不對勁，而且情況很不穩定。有時候我會全身發軟，一點氣力都沒有；有時胸口脹悶，呼吸困難；這些可能因為某種藥的分量不夠，以致影響內分泌。可是當時我是不知道的，我只感到很傷心，怎麼會變成一個這樣不正常的人。

印象最深的是在完成第四次手術後一段時間，我的外科醫生給我服食分量很高的甲狀腺藥，不久我就發現簡直活不下去了。我消瘦得很快，同時對食物的消耗也快得驚人，每隔兩、三小時就要進食一次，但食物的熱量好像維持不了多久，一下子就消耗盡了，而我就會手腳顫抖、冒汗、暈眩。更可怖的是我的脈搏愈跳愈快，心臟跳動的次數也不斷加劇，有時彷彿心臟快要跳出來了。

然而當肉體受着如斯磨練的當兒，內裏的生命也經歷着重大的變化。

起病之前，在信仰上剛剛經過一個蛻變。本來是完全以自我為中心的一個人，將生命主權交了出來，選擇走上跟隨耶穌基督的十字架道路。然而在發病以前，這「委身」的承諾也僅是意志上的承擔而已，說不上有什麼生活行動上的體認。直至在苦難挫折的煎熬中，我才開始學習順服、忍耐、信靠。

而在人類共同承擔的苦難中，我這才是第一次發現周遭有那麼多人默默地受着苦。在公立醫院的候診室，苦難不僅是黃濁的眼睛、隆起來的腫瘤、消瘦得不成人形的身體；苦難更是失業、貧窮、被親人遺棄……我默默地觀察這一大羣受苦的人，感受他們所感受的，逐漸把自己的情感融入我們共有的大熔爐中。

而同時，在脫離了生活常軌、擺脫了日常煩囂之餘，我遂有機會歇息、安靜，瞻仰宇宙原來的榮美，汲取生命根源的能力。

特別是那些療養的日子，當我既未能恢復正常工作，又勉強可以隨意行動的時候，我愛在清晨徜徉於山徑，聆聽大自然的聲音，呼吸泥土的氣息，觸摸一片葉、一條草、一束在陽光中晶瑩的花蕊。薄暮時分，我總愛爬上天台，面對西邊的海靜思，直至最後一抹晚霞燒盡，暮色將我包圍，黃昏的第一顆星出現。

與自然相對的日子，是我生命成長的日子。飲於生命之源，讚歎、默想、禱告、讀經、反省，於是蛻變的過程在不自覺中完成，直至察覺別人對自己態度的改變。只覺得別人對我有太多的愛心、太多的關懷，然而別人卻說這是因為我對他們太好的緣故。

我曾向上主祈求，讓我成為流通的管子，成為多人的祝福；於是祂開始教導我：竹子不被挖空不能成為灌溉的管子，橄欖不被壓碎不能成為點燈的油，蠟燭不被燃燒不能發出亮光，而一粒種子不埋在地下不會結出生命的子粒。這些似乎是宇宙間恆常不變的真理與奧祕。

我不敢說被挖空不是難受的，被壓碎不是辛辣的，被燃燒不是痛楚的；而那不見天日埋在地底下的過程更是痛苦萬分……這些年來我以血肉之軀滾在人生的針氈上，我所經歷的苦難（不僅指疾病而言）是「化妝的祝福」，我終於承認了那位西方宣教士姊妹充滿屬靈智慧的話語：「若是上帝取回我們看為寶貴的東西，那是因為祂要另外賜給我們更寶貴的東西。」

無知的幸福

約卡斯塔皇后：

「不要，我求求你，不要再追查下去。

假如你愛惜自己的生命，

不要再追查下去吧。」

《伊迪帕斯王》

——索福克里斯

大學時代讀古希臘悲劇，印象最深的是索福克里斯的名作《伊迪帕斯王》。伊迪帕斯王是個高貴、勇敢、真誠的人，最後卻落得一個極悲慘的下場。他發現自己竟然是個弒父的不孝子，同時又娶了自己生母為妻，作出亂倫的行為。這些原來是他在懵然不知的情況下發生的，然而一旦真相大白的時候，那可怕的真相使他完全受不了。

《伊迪帕斯王》的悲劇情節十分複雜，迂迴曲折，古代希臘哲人對人生險惡之途感受得很深，也洞悉人性裏面各種錯綜複雜的陰暗面。伊迪帕斯王的強處也成為他的弱點：他的衝動、執著和對真相求知的堅持，為他種下了悲劇的禍根。別的這裏不談了，就是「求知」這一點，古希臘哲人和希伯來的哲人一樣，老早知道知識會帶來痛苦，堅持要追究事情的真相最後帶給自己的是無休止的煩惱與悲哀。

我是一個癌症病人，可是直至 1970 年前，我身上帶着癌多年，卻懵然不知，這該算是幸抑不幸？

記得有一次我參加一個討論會，題目為「基督徒醫生的醫學倫理」，討論中涉及應否向癌症病人告以真相。我是核心小組的一分子，從基督徒的倫理立場發言。記得當時我客觀地站在肯定的一方，主張應該讓病人知道真相，使他在面對永恆的時候，自己作出抉擇，也作好心靈的準備或各種安排。病人有權利知道要臨到他的事，免得在措手不及的時候，死亡攫走了他，留下永遠的遺憾。

當時我熱烈地參與討論，談笑風生，壓根兒沒想到自己就是討論題目中的人物。過後想起來，多麼像戲劇裏的反諷情節。竟然上演了一幕不大不小的古希臘悲劇！

我給證實患上癌症的時候，家人、親戚、朋友、同學全都知道了，就只我一個蒙在鼓裏！

我只知道我的病很嚴重，要把甲狀腺和很多淋巴腺全部割除，又要接受放射治療，卻不疑有他。年輕不懂事，醫學常識的貧乏造成了這「幸福」的無知。

這無知卻也造成了日後的不幸。

今天我仍會主張讓病人知道真相，即使是怎樣熬心熬骨的痛苦，病人也有權利去面對自己的命運。然而我又禁不住為那些「無知」的日子而感謝。那些日子，我免除了心理上的陰影，就像別的女孩子一樣，計劃着我的前途，夢想着我的將來……像別的女孩子一樣，我做着許多色彩繽紛的夢……（知道真相是一種權利，可是做夢也是一種權利啊。有權去做夢到底還是幸福的——儘管是短暫的幸福。）那些「無知」的日子，我像正常人一樣唸書、工作；我比正常人更拚命、更起勁、更活躍。我涉洋渡海，遠走他方，也沒有任何顧忌。

幸或不幸，不是我們這有限的人所能判定的；不過，在知道真相以後，無知的幸福終結了，我必須面對自己的病和許多的後果。我變得謹慎、多慮。

「因為多有智慧，就多有愁煩；加增知識的，就加增憂傷。」（〈傳道書〉1：18）——睿智的傳道者不是早說過了嗎？

小樓閉居的日子

慈光，導引，
在重重幽暗包圍中，
導我前行！
黑夜陰森，
而我又遠離家鄉，
導我前行！
保守我的腳步；
我不祈求看得見
遠處的景色——
只求指引前面的一步。

〈慈光，導引〉

——約翰．紐曼樞機主教

像個正常人的自由

我始終不知道自己是個癌症病人，只知道我曾經有過嚴重的病歷，把甲狀腺全部割除，長期要服藥，不過那已經是很久以前的事。自從經過手術和放射治療之後，有一年多的時間我身體很弱、很麻煩，然而逐漸地我又健壯起來了。畢竟我的底子很好，和病魔糾纏中，我打了勝仗。

不久，我表面看起來就和其他人一樣，生活漸趨於正常，連聲音也意外地恢復得很好。雖然一直沒有真真正正恢復原來的聲音，歌者的夢始終給砸碎了；然而在幾年之後當我漸漸又能發出音調，從本來的女高音把自己操練成為女低音，我已經存感激的心情接受這個事實。

雖然定期到醫院檢查，但醫生再沒有找我麻煩了。我像任何正常人一樣工作，而且在本身工作之外，還擔任不少教會和其他團體的義務工作。

之後我到美國芝加哥留學，留學幾年我竟一次也沒有到醫生處檢查。我根本看不到有這個必要，一旦離開了我的醫生，便盡情去享受我的「自由」。

那時候，我一個哥哥在加拿大當醫生，他不時來信敦促我注意身體，去醫生處檢查，我卻只當耳邊風，不加理會。我只記得他曾提到若是有什麼問題，就應該找「內分泌科專家」(這項資料後來救了我一命)。我在美國初期因着當地的食物和空氣，還增加了體重，後來因功課太操勞才消瘦下來。

離開美國之前我作了幾項人生重大的抉擇，其中一項是投身一個完全陌生的工場——台灣校園福音工作。

我參加了「校園福音團契」*的行列，我們的學生中心就在台灣大學正門的對面，我們的腳蹤踏遍台灣各中學及大專院校的校園，我們接觸的對象正是那些易感的心靈，他們的心扉熱切地向真理開啟。

台灣的四年是很充實又很美的四年；是一根蠟燭的自焚。

很充實又很忙，我平均每晚睡四、五個小時，也有通宵徹夜不眠的日子。因為除了校園工作，我同時還當上了《校園》雜誌的主編。那是一個又嶄新又寬廣又艱辛的領域，別人說我做得很成功，我只覺得我得着很豐碩的收穫。

《校園》在我手中經歷了大革命：它的內容和形式都經過刷新，它吸引了更大量的讀者、更精英的作者，它激起了更熱烈的討論、更投入的參與。這一切都是令人鼓舞、令人興奮的。

* 台灣校園福音團契於 1957 年正式成立並創辦《校園團契》雜誌，1969 年更名為《校園》雜誌。當時台灣即將離開聯合國，大學生在「反攻大陸」和「本土意識」的狹縫中無所適從，青年人更易受民間宗教影響，而華人教會又只見翻譯外國的屬靈著作，缺乏自我表達能力。《校園》立志成為「基督徒知識分子的時代見證」，培育年輕人的信仰生命反思，深化對社會與責任的反省。

然而長期的熬夜、精神的透支總有該償還的代價，而1970年竟不幸成了所有併發症迸發的一年。

其實前一年的年底已開始出現許多奇奇怪怪的徵兆。最戲劇性而又烙印最深的是「食物中毒」那次。

那一個晚上請了幾位同學到我們的寓所吃飯，還是我親自下廚燒了幾道可口小菜。大家很愉快地離去之後，我卻全身出了紅疹，痕癢不堪，只好抱着無奈和不適上牀睡覺。

半夜裏，給一陣絞心的痛震醒了，在朦朧幽暗的黑夜中，我的感覺卻是清晰的：我要死了！

一生中從來、從來沒有過那樣的感覺。我本能地掙扎着起來，胸口鬱悶，想吐，於是踉蹌地到洗手間去吐了。吐了以後感到好一點，於是又倒下牀去，迷迷糊糊地睡着。

過了不知多久，再一次給一陣絞心的痛震醒，在十分之一秒的剎那間那個念頭又閃過腦海：我真是要死了！又本能地起來，這回卻天旋地轉，天花板也搖搖欲墜要坍下來。我終於不支倒在地上，微弱的呻吟也吵醒了我的同伴。

半夜裏給送到對面街那位相熟的大夫處急救。大夫的診斷是：食物中毒。他給我打了針，第二天我又好起來了。是我自己燒的菜，而且同桌吃飯的人沒有一個有問題，只有我中毒，箇裏原因我想不通。可能是某些菜配起來和我的身體有抵觸吧，大概是我的抵抗力比別人更差吧。

這樁事的發生是糊裏糊塗的，可是我從裏面學到的功課卻是清晰確鑿的。在那十分之一秒當「死」的念頭閃過腦海的時候，另一串思潮也以極快的速度掠過。我不曉得思想的速度該以什麼計算，是光的速度，還是……我不是一個有科學頭腦的人，然而我在感受上的反應是很快捷敏銳的。那清晰地掠過我腦海的思潮是——

「要是我現在就要死了，什麼是最重要的？即使明天要上試場、見總統，或甚至是結婚，都再也不重要，因為沒有機會了。要是這一秒鐘我馬上就要死，那麼只有兩件事是重要的：其一是能否坦然面對上帝；其二是這一生——至此為止，再沒有第二個機會——在上帝眼中的評價如何。」

對於第一點我的確能夠坦然，因為深知已被祂所救贖；對於第二點卻心有戚戚焉。若生命到此為止，我得的分數有多少？四十分、六十分、八十分？……你只能經過世界一次，你只能走人生的道路一次，死亡就是你的界限。大限當前，對生命豈敢輕忽?!

而從那一天起，我對我的生活重新作了估價，我再不敢對生命不忠；我再不願說一句話，做一件事會留下任何遺憾的。

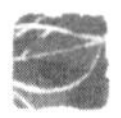

這個奇特的經驗刻骨銘心地烙在我記憶中，在以後的日子不斷衝擊我、提醒我，尤其當我沮喪過後、當我疏懶輕率、當我對上帝

不忠……

中毒事件發生之前，我的身體已日漸孱弱，那一個冬天連連感冒，咳嗽三個月不見起色。其實台北的冬天對我的影響是壞的，一季經常細雨綿綿，寒風夾着重重的潮氣直砭入骨頭，那滋味挺不好受。每年冬季我都會患支氣管炎，不過那個冬季肺部似乎特別弱，抵抗力也特別差，還常常發燒、暈眩。

抵不住友人相勸，我開始到附近那位相熟的大夫那兒看病。他是介乎西醫與中醫之間的一位大夫，經驗老到、心地善良。他看我身體羸弱，給我打「補針」。打的是鈣——算是冥冥中有眷佑，打對了。不過他沒有叫我做什麼科學性的檢驗。(又怎能怪他，他根本不曉得我的病歷！)

我一面打補針，一面仍是拚命工作。我向來不會愛惜身體，可能對自己多年來的荏弱習慣了，又對自己的韌力頗有信心；況且工作的擔子的確不饒人，不是隨便說放下就可以放下的。

剛好那時候我們一羣愛好戲劇、志同道合的朋友組織了劇團，準備公演一位作家朋友第一個創作劇本，幾個月來大夥兒如癡如醉地忙演戲的事。到公演的第一個晚上，我帶着39度的熱度摸到中山堂去，咳嗽得胸口發痛，卻仍然因興奮而雀躍（事後大夫知道了，很生氣地責備我：你再這樣跑出去一定會患上肺炎的)。

在未經歷「大崩潰」以前，生命力就是這樣旺盛，那時候還不知道自己原來也有個限度的。關心我的長者為着我那股不顧一切的勁兒既感可敬、可愛，又復惱怒、心疼。

大崩潰是遲早要來的，不過也沒想到自己會一旦虛弱到這樣的地步。一個雖然經常軟弱卻相當活躍、工作能力很強的人，在剎那間完全喪失一切活動的能力，這是很難接受的。

大崩潰

一陣心血潮湧，腦袋一陣陣暈眩，感覺愈來愈不對勁，我整個人癱瘓在辦公桌上，用盡僅餘的力氣向同事呼喊：「我又要昏倒了，把我送到大夫那裏去吧……」

醫生初步診斷：血壓太低（60°－40°）、心臟衰弱、腦貧血。

前一天把《校園》十二卷二期全部煞清送廠，我身心疲憊，仍因卸下擔子而感到輕鬆，當時曾對同事半開玩笑地說：「全部完了，我也完了。」沒想到這話竟不幸成為「讖語」。

於是注射成了營養灌輸工具，而胃腸也成了化學工廠。

醫生說：「完全休息，什麼都不許做。」

一對滿有愛心的基督徒夫婦馬上把我接到他們家裏去。張伯伯、張伯母*的兒女都在外國，倆老守着偌大的房子，也蠻寂寞的。

* 小樓的主人為台灣中原大學董事長張靜愚先生、夫人。

幸而他們有顆寬廣、仁愛的心，樂於接待有需要的人。他們家的閣樓有個朝東的空房間，便成了我療養的地方。

於是開始了小樓閉居的生涯。

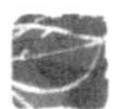

自從在編輯室暈倒，給送到醫生處急救，又給送到小樓關起來，沒有一個人曉得發生了什麼事情。剎那間我虛弱到一個地步，連最小聲講話的力氣都沒有。還記得當時有個很重要的電話找我，勉強講了幾句話，整個人幾乎又虛脱過去。於是那位伯母馬上下令不准再接任何電話。

定命要過一段小樓閉居的生涯了。

醫生説：「完全休息。除了聽音樂，什麼都不許做。」

於是有同事搬來了一架舊唱機，更多的人借來了各式各樣的唱片，有古典音樂，有民歌，有流行曲。當然，還有聖詩。

我重複又重複地播着每一張唱片，直至那些曲子鏤刻在腦海中……

一直到今天我仍然能聽到飄盪於小樓空間的音樂。在不能寫字、不能看書的日子，我對音樂是加倍欣賞了。

多麼感謝，為上帝賜給我善感的心靈，對音樂所起的共鳴。

多麼感謝，為巴哈、貝多芬、李斯特、蕭邦、孟德爾遜、德布西……為那善唱的修女（The Singing Nun）……為大同育幼院那些小天使，一首〈無人像耶穌這樣愛顧我〉常令我淚沾病枕……為鍾·拜雅，為「彼得、保羅與瑪利」，那些令人熱血沸騰的反戰歌使我不至於和外面世界脱節……

從來沒有嘗過「什麼都不能做」的日子。以前即使在醫院動手術，不到幾天我便坐在牀上看書和寫日記了。現在卻是看不到一頁書腦部就脹痛，寫東西更是苦差，事實上稍動腦思想都難過得要命！

大夫說：「是腦貧血，完全休息就好了。」這個解釋聽起來很合理，我也只好接受了。

然而日子一天天過去，卻發現休息並無濟於事。腦部還是一樣脹痛，胃口還是一樣壞，什麼東西都吃不下，全身一點力氣都沒有，天天靠針藥灌輸葡萄糖和維他命，也不曉得要休息到什麼時候才會有起色。

病人的情緒最是不穩定：身體略為舒適一點就以為病情有好轉，心底燃起希望；而一旦病情惡化，遂又掉進絕望的深淵。

臥病小樓，日子一天天過去，病情既不穩定，又無起色，前面一片不肯定的灰暗。那是一段考驗信心的時光，也是一個學習更多功課的階段。

邊緣景況的福氣

小樓並非座落有松柏的山上，也不是濱臨有潮汐的海邊，沒有松濤的迴響，也沒有海浪的節奏；然而早晨一裊陽光從簾間透進，在牆上描了一個簡單的圖樣，便足夠引起一種美感及一個早晨的遐思；午後一覺醒來靜聽雨點滴在屋簷上，便把我帶回已漸漸從記憶中褪色的日子裏去；薄暮時分，瞥見三兩隻歸鳥掠過天邊的晚霞，便陷進那種愁來無方的思緒中；而晚上在拉上簾子就寢前，冷不防與一輪皎月打個照面，月色淒清迷離，於是一個晚上都低迴不已。

病中生活就是如此單調，不過也只能在精神比較好的日子才享受得到。其實一個經過了「邊緣景況」的人，對生活也不敢有太多要求了（所謂「邊緣景況」，即只能維持活下去那種情況）。能夠嚥下一口飯就是福氣，能夠把食物消化下去也是一種福氣，能夠在屋前的空地踱踱步都是福氣，能夠看一頁書、寫一點字更是難得的權利。

是的，一個經過了邊緣景況的人對生活實在不敢奢求。她學會了對她所有的一切都存着感恩。

經過了邊緣景況，似乎進入一個大徹大悟的境界。一切的偏見、成見，若有什麼怨懟、嫌隙都消弭了，對自己不敢有任何誇耀，對別人也不敢存任何輕視。在上帝面前，一切都是恩典；在苦難的洪爐中，我們都應該彼此相憐相惜。

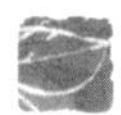

從未能如此確定自己擁有那麼多的愛與關懷，直至慰問卡和信如雪片般飛來，具名的、不具名的，有的甚至只見過一次或素未謀面的。而我知道有更多、數不盡的禱告如馨香的祭獻在壇上，而我的名字被提念。

「個人」的價值在愛中被肯定；縱使在機械化的時代，這仍是沒有變。

為了報答這許多關愛我的人，我雖無助地躺臥牀上，心底卻燃燒着一個願望：要把病中的感受撰寫成文，刊登在《校園》雜誌與人分享。結果真的寫成了萬字長文，內容和這一章所述差不多，只是當時自己還不清楚病的來龍去脈。文章本身其實算不上什麼佳作，卻引起了海內外許多許多讀者很激動的反應，我想大概跟那篇文章寫作的過程有關吧。

我靜靜躺在牀上，心靈卻泛起一個一個漣漪。思前想後，嘗試把生命中許多不同形狀的彩色圖片拼起來，至終認定我的生命只有祝福，沒有咒詛。就是這樣，我把那篇文章的題目定為〈只有祝福〉。

當時我的腦部痛得很厲害，任何的思維只會令疼痛加劇。那篇文章大概寫了十多天吧，是一個付出很大代價的生產過程。先是躺着很辛苦地集中精神思考，想好了一小段之後便掙扎着起牀把它寫到稿紙上（那是需要極大的意志力才做得到的），一面寫一面捧着劇痛的腦袋，寫完一段又得倒回牀上休息一整天。多少次體力和意志都支撐不住了，我想放棄，我覺得沒有可能完成這篇文章的了；奇妙的是彷彿有一股力量推動着我，內心世界不斷沸騰、洶湧，教我不能靜止。

誰説珍珠在蚌內的生產過程不是痛徹肺腑?! 宇宙事物奧祕莫測，然而似乎又有一定的法則。我那篇熬忍着劇烈的痛楚一點一滴完成的文章，竟發揮了不可思議的果效。

因看了〈只有祝福〉而被深深地激動、而受到鼓舞的讀者是無法數計的。甚至在八年後，一封讀者來信繞了大半個地球，從非洲南端的好望角寄到台灣，再從台灣轉到香港給我。那是一個初次放洋的年輕海員，在天水相連的孤獨旅程中，在船艙的圖書館偶而拾起〈只有祝福〉，卻令他「流着淚，整夜不能入睡」，於是執意要寫信給我。這位讀者當然沒有察覺時空的距離，他只感到他的人生需要一種只有靠着信心才能產生的定力；而藉着超越時空的文字媒介，兩顆心靈相遇，互相得到激勵。

不過這些都是後話了，閉居小樓、心裏淌着血一筆一劃寫〈只有祝福〉的時候，前路對我是模糊不清的。躺在牀上捱着日子一天天地過去，心底的疑雲愈凝愈重：到底這病要休養到什麼時候才會好起來？小樓的主人對我關懷備至，恩重如山，然而我這病拖下去，給他們帶來的心理負擔未免太過！

在肉體心靈煎熬中，真的不敢說我常能保持信心的水平線，常能發出得勝的凱歌；我也會怨懟、懷疑，覺得天父離我很遠。在密雲黑暗的日子，當死亡的陰影籠罩，當病狀變幻無定，當康復之期顯得遙遠渺茫，我的心也會下沉、下沉……

哦，父神！你的孩子並非一頭銳勇的鷲鷹，任是何種天氣、何種環境，都能展翅上騰，翺翔呼嘯；當雲層低垂，黑暗覆蓋大地，我只蜷伏，瑟縮不前；我不能想像雲層後面，陽光依然絢燦；淚眼模糊中，我看不到黑雲邊上鑲着的銀線……

就在那些日子，約翰·紐曼樞機主教那首動人的小詩〈慈光，導引〉不斷在我腦海盤旋，帶給我安慰的信息：

「慈光，導引，
在重重幽暗包圍中，
導我前行！
黑夜陰森，
而我又遠離家鄉，
導我前行！
保守我的腳步；
我不祈求看得見
遠處的景色——
只求指引前面的一步。」

「前面的一步」大概是還要養病好幾個月，我看不見遠處的景色——然而信心說：這就夠了。

好幾個黃昏，當我精神略佳，體力足以支撐在屋前的小巷子散步，我驚喜地發現久未會晤的舊侶——那懸掛在晚霞上又大又亮的「黃昏之星」。從小它是我的良伴，我們相交甚深；多少個黃昏，我看着它出現，看着它消失，其間我們交換了無言的對話。年事漸長，生活繁忙，我們較少會面，然而在每一個屬靈的關頭，當我信心動搖，沮喪失意，它都會出現，用它透明的光輝對我說話，它是我生命中的「希望之星」。今天它重新提醒我：我的生命，只有祝福。

小樓閉居的日子，幸而還有希望之星的晶瑩。

1970年7月　台北某醫院

我站在醫院房間外面的陽台上刷頭髮。

沒有任何異樣的感覺，除了稍弱之外，也沒有什麼不舒適的地方。可是我的血壓高至180度。

瘦瘦小小的身軀，臉色黃中帶青，沒有一絲高血壓的跡象。

「你再量量看，我怕量得不準。」那位護士學生推了她的女伴一把，看看我，又看看血壓計。另外那位護士又量了一遍，結果還是一樣。

三個多月前曾因血壓低至60度而昏厥，現在休養了三個多月，滿以為快要恢復正常之際，卻又因血壓突然升高而給送進醫院來了……

誰知道我體內的化學元素在搞什麼名堂？

我繼續刷着頭髮。

敦化南路與中正路交界間正是車水馬龍，絡繹不絕，一輛一輛車子在十字路口魚貫而過，一串一串燈光在眼前穿梭。好魅人的晚上。然而我體內的血壓升至 180 度。

大台北的活動繼續進行：歌女的笑靨、舞孃的大腿、「純吃茶」幽暗的茶座、撲克牌、麻將……這個晚上就跟別的晚上一樣。然而我的血壓已升至 180 度。

越南的屠殺仍然在進行，中東以阿的戰火也沒有停息，這個夜晚跟另外的夜晚沒有兩樣。可是我的血壓每分鐘都在上升。

暗忖準又是血裏的鈣失去了平衡。醫生也說大概就是這個原因。

「他們不可能把您的副甲狀腺全割掉，您活不了的。」一個還在念醫科三年級的同學來看我，高聲嚷着。他高年級的學長沉吟着搭上去：「那就要靠藥物來維持了。」

是的，一個甲狀腺和副甲狀腺全割掉了的人，就得靠藥物維持活下去。

「一定是診斷錯誤，你當時若患上甲狀腺癌，不可能痊愈得那麼好，維持那麼久。」一個年輕的駐院醫師來替我寫病歷。哇，好大的口氣，要推翻人家有名的醫院幾位專科主任幾度會診的診斷。

另一位基督徒醫師知道了我過往的病歷之後，卻有另外的反應：「是的，是神蹟。」

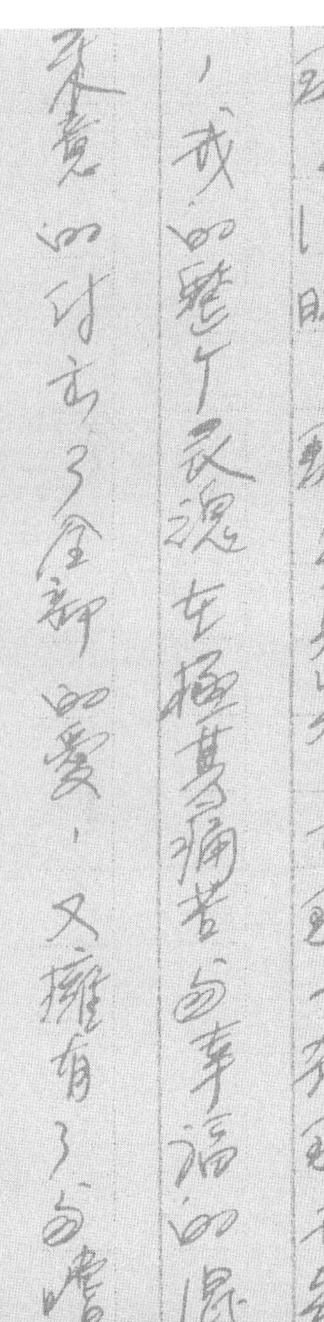
那么清晰、那么真实。在那一刹那我
、我的整个灵魂在极其痛苦与幸福的混
全意的付出了全部的爱、又拥有了与

只有祝福？

我生命中只有祝福，沒有咒詛。

《寄小讀者》

——冰心

第二回合

臥病小樓多時，不見起色，小樓主人夫婦急了，和我商量要看專家。

「要看專家，就該看內分泌科專家。」我這才想起哥哥以前提過的事。

遍訪之下，終於打聽到由台北最有名的專家聯合駐診的一個診所內，有位內分泌科專家（這類專家委實不多）。

於是展開了這場病的第二回合。

專家問了我簡單的問題之後，冷靜地開門見山說：「你知道你是一個癌症病人嗎？」

我愕然，一時不知如何回應。

「你多年前動手術就是為了要割除一個惡性的瘤。」

「您怎麼知道？」我囁嚅着問。

「你家裏寫信來告訴張先生夫婦的。」專家繼續平靜地敘述。

原來在香港的家人見我老是康復不起來，又不知道我真實的情況，很自然地懷疑是癌症復發，一急之下決定要把真相告訴張伯伯、伯母。

我聽了倒也沒有什麼特別的感受，可能當時身體太虛弱，反應比較遲鈍。

接着專家聽了我的病歷，特別是那幾個月發生的情況。

「照我看，你的副甲狀腺也割掉了，所以他們要你服鈣片和維他命 D 來補足。你大概知道副甲狀腺對血裏的鈣是有控制作用的吧，而鈣的平衡對身體影響又是很大的。看來很可能是你的血鈣失去平衡。不過要先作檢驗，才能確定。」

他頓了一頓，又加上一句。

「像你這種病人特別脆弱，別人有事不打緊，你出事就會特別危險……」

我楞楞地望着他，倒抽一口冷氣。這才恍然悟到半年來上帝的手如何多次暗暗地庇護了我，保存了我的性命，要我繼續為祂活下去。

檢驗報告果然是血鈣太低，於是專家替我調整服藥的分量。當時也做了一些其他的檢查，大致無礙，便安心下去。

這下以為很快可以走上康復之途了，可是奇怪得很，日子一天天過去，血鈣還是偏低，身體還是一點力氣都沒有。

專家説：忍耐一點吧，慢慢會調整起來的。

然而就在那時候，另一位專家出現了，掀起戲劇性的另一幕。

這是一位好朋友，也是醫生，美國某知名大學的生理學家。他剛回台灣度假，看我病得不成樣子，煞是焦急，終於想出一個方法，保證可以使我的血鈣迅速增高。他建議我們用骨頭熬湯，同時把鈣片放進湯裏一起煮。我們照辦了。

那時候我服的鈣的分量已比平常多三倍，再加上骨頭湯的刺激，血鈣果然一下子猛升上去。可是，咳，沒想到升上去以後卻產生不可控制的悲劇！

起初大約有兩、三天的光景精神突然好了，竟自慶幸之際，卻無緣無故地嘔吐起來。嘔吐多半在早上發生，而且不斷加劇，吐得反胃，什麼東西都吃不下，苦不堪言。

那段日子真是又淩亂又可怕，發生過的事情都記不清先後次序了。只記得那一天吐得特別兇，整天不能吃東西，渾身不對勁，到了晚上，伯母看我不對了，急得像熱鍋上的螞蟻，和伯伯商量之下，決定還是把那位相熟的大夫請來。大夫總算有人情味，破例摸黑出診一趟。

還記得大夫一把脈，眉頭皺起來，用血壓計一量，臉色都變了；再量一遍，嘴角抽搐着，兩隻手顫巍巍地把血壓計放下，別過身去對伯母用受了驚的聲音低喊：「把她送到醫院去……把她送到醫院去……」

始終沒有問他當時我的血壓高到怎麼樣的地步，不過肯定情況是相當可怖的。

大夫在極度無助中還是替我打一口針——大概是鹽水或者葡萄糖之類，補充一下體力；又或許是鎮靜性質的，總之當天晚上算是平靜地度過了。

第二天清早，伯母馬上打點把我送去看另外一位西醫，和他商量入院的事。

醫院裏面的護士小姐像大夫一樣的吃驚——雖然經過打針之後，相信我的血壓已經不像前一晚高得那樣可怖。

早上在醫生處量是140度，幾小時之內升了40度，而前一個晚上恐怕是超過了200度……誰知道我體內的化學元素在搞什麼名堂？這趟不可能是血鈣過低了，說不定就是過高了吧。

驗血的結果證實了這推測不錯。

這以後的事情都記不清楚了，反正是一片混亂，猶如創世以前的混沌黑暗。

在混亂當中只有一個清楚的決定。我應該回香港的家去醫病，不能再拖累張伯伯、伯母。剛好家裏來信說有位朋友日內將赴台，請他護送我回去。

從醫院出來那天染上了流行性感冒。發燒又加上胃部發炎，除了米湯，根本不能吃什麼東西。荏弱的身體更荏弱，再加上鈣的不穩定，整天嘔吐，全身都不對勁。那些日子不易熬，卻還要打點行裝返港。

記得返港前兩天幾位最知心的朋友來道別，我苦笑着對他們說：

「我快要像約伯那樣咒詛我的生辰了！」可幸我的朋友不是「約伯的朋友」；他們從沉默或簡單的話語所傳遞無限的同情、慰藉與鼓舞，使我焦渴的心靈得到滋潤。

一個多月前，我勇敢地發表了〈只有祝福〉一文，現在信心馬上受到考驗和挑戰。其實當時我還看不到日後會有更大、更重的試煉。

上飛機前醫生替我做好安排，向航空公司申請了輪椅，讓我坐在輪椅上，給抬上飛機去。當時的我，因為不能進食，渾身無力，連走路的力氣都沒有了。不過靠着大夫給我打的針藥，仍然維持着體內需要的營養，而且臉色比平常更好，坐在輪椅上，表面看來還是一副精神奕奕的樣子。我一直對大夫那些神奇的補針訝異不已。

於是我坐着輪椅降落香港啟德機場，迎向家人又焦慮又寬慰的懷抱。回到家門的時候，他們預備了另一張大籐椅，讓我坐在上面，由兩位強壯而熱心的友人抬上四層樓去。

這一切的發生比戲劇更戲劇化，然而所有的興奮使我體內不穩定的情況更為惡化。

日後回想，其實當時的情況危險到極點，而且沒有一個人知道該怎麼辦。家人預約好的一位有名內科醫生度假去了，還得等一、兩天才回來。而當時那些「神奇的針藥」效用過去之後，我完全垮下來了。

家人把我送入醫院的時候，身體似乎一無是處。鈣的分量高得驚人，血壓高至二百多度，而心臟、腎臟、血液都不正常。體重降到七十多磅（除了孩童時代，一生沒那麼輕過），一身只剩下一把骨頭，坐在木椅上就感覺難過。不久我就陷入半昏迷狀態，幾日幾夜浮沉在混沌幽暗的深淵……家人看着我痛苦不安地輾轉反側，聽着我呻吟、說囈語，冰涼的恐懼漫過他們，因為他們不知道我還會不會醒過來。

咳，在生死線上，受着割裂之苦的往往不是病人，而是那些愛他們的人，那些眼睜睜無助地看着他們在生死邊緣上輾轉的人。

不過我終於從生死邊緣滾回來了，仍是極度虛弱和不平衡，只是已脫離了危險。

在那位醫術高明的內科醫生悉心調理下，我的病情日見進步，鈣的成分也逐漸平衡過來。

還記得第一次重新吃米飯那種感覺。多久沒吃米飯了，多久沒嘗過吃東西的樂趣了；當我捧着那一小碗母親親自煮的牛肉飯，吃得津津有味的時候，感謝和幸福充塞喉間。

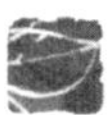

然而正當一般健康情況在復原之際，醫生帶來了一個消息：從肺部的X光片發現有一些暫時未能判斷的陰影。這個消息雖然教我有點兒煩惱，但接着的日子精神和胃口一天一天好起來，我也就不以為意了。

幾天以後的一個下午，我從酣睡中給醫生喚醒。我的主治醫師帶了另一位外科醫生來。

「我想請X醫生摸摸你脖子底下的淋巴腺，就是我前天替你摸過的地方。」

外科醫生動作敏捷地摸了兩把，然後對主治醫師頷首。

「我們發現你有一、兩顆淋巴腺脹大了，可能要替你動個小手術——最小的手術——拿出來化驗，看看和你肺部的陰影有沒有關係。」主治醫師說着，不敢直視我。雖然他裝出了笑容，卻掩飾不住侷促。

我楞住了。

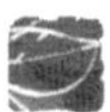

在台北看內分泌科專家的時候，曾經要求他給我作徹底的檢查：「大夫，朋友都勸我到榮民總醫院好好檢查一下，看看是不是癌症復發，因為有這許多奇奇怪怪的症狀……」

「我已經告訴過你這些都是鈣不平衡的症狀，一旦恢復正常，這些症狀也會慢慢消失的。」專家頓了一頓：「不過要是你不放心，入院檢查也是可以的，只是很不容易找到牀位，你也知道的。我們試試看吧，我給你寫張單子……」

專家一面寫着單子，一面接着說：「問題是你要檢查是否是癌，得先停掉甲狀腺藥一段時間；在你目前的情況，恐怕對你也不好。依我看，目前並無癌症復發的症狀。」

「既然您認為可能性不大，那我也懶得去檢查了。其實我自己並不擔心，只是一些朋友……」接着我又加上一句：「那麼到底什麼是癌復發的症狀呢？」

「淋巴腺腫起來……」專家止住了筆，把單子撕掉。

他那句話還在我腦海躍動，現在主治醫師告訴我說發現有淋巴腺脹大了！我楞楞地盯住他。

「不一定有什麼問題的，」主治醫師忙加上一句：「只是那麼多年沒作檢查，總應該作個大檢查了。這只是例行公事吧。」

我把頭髮向後一撥，強裝出勇敢的微笑。

「好吧。」……心裏卻涼了大半截。

「反正不急，總得等你的鈣恢復正常才說。」主治醫師又說：「不過從今天早上開始，我們已把你的甲狀腺藥停掉，因為過一段時間須用放射性儀器做一個特別測驗。」

「把甲狀腺藥停掉，做一個特別測驗，那就是看是不是癌了。」

我的反應很快。

「那只是萬分之一的可能性而已，還有很多其他的可能。」主治醫師用盡了醫生的技巧來安慰我。

於是，展開了病的第三個回合。這一展開，使得前面兩個回合完全失色。

我恐懼什麼

睡意全消，我靜靜躺着想心事。

假如我去世，喪事禮拜的儀式該怎麼樣？假如可能的話，一切務必簡單、優雅；我希望葬在小妹妹旁邊……

無論如何，就在薄扶林基督教墳場那海天一隅的大花園裏，那個從小女孩時代就愛去徜徉的地方。

惟一的問題是怎樣處理我惟一的「財產」—— 我的日記和信件。燒毀抑存留？

父母親送了晚飯來。吃了兩口，胸際有什麼塞着似的。勉強再吃兩口，放下來……

「怎麼沒胃口？前幾天不是吃得好好的？」母親的眼尖得很。

「今天停掉了甲狀腺藥，可能影響了胃口。醫生說要做試驗……」不敢馬上把施小手術的事說出來。

「這種甲狀腺藥怎麼反應得那末快，才停掉就影響胃口……」母親的眼色露出疑慮。

我支吾着。

他們離去的時候，我依戀地看着他們的背影。

(恐怕沒有太多機會了！)

薄暮時分，妹妹來了，她要到新加坡念神學，來跟我話別。我們走到外面的小園子去散步。我們坐在矮小的竹樹下禱告。

她哭了，我沒有掉眼淚，心裏卻說着：「別了，我們在天家再見吧。」

晚上展開信箋，寫了一封信給台北的幾個知己朋友。

(這一切都必須馬上做妥，否則病況瞬息轉變，再沒有機會說我要說的話了。)

「我惟一的願望，」我寫着：「就是——無論是生是死，總叫基督在我身上照常顯大。(〈腓立比書〉1：20)」

(他們幾位看到信，大驚失色，以為我性命就在旦夕之間。)

當天晚上，一夜沒睡好。整個人浮沉於一種彷彿沒有時空的「時間」和「空間」中。似乎停止了思想，卻輾轉反側；似乎反覆思想，卻又沒有留下思想的痕跡。

癌的恐懼竟在有意識與潛意識中滲透了每個細胞。

我嘗試分析到底自己恐懼的是什麼？

我知道我不畏懼死亡：因為我是一個蒙赦免、蒙救贖的人；死亡於我並非黑暗的深淵，並非「不可知之地」，而是遷移到一個更美好、更光明、更充實、更有能力的地方去更多地獻上自己。

那麼，我恐懼的到底是什麼？

——那通往死亡之路：那陰翳的淵谷、冰冷的河流。

——死亡之前的痛苦：那蠶食人肉體、心靈的煎熬，那時日的耽延……

——治療期間的折磨以及所有必須忍受的不便。

——家人的焦慮以及會帶給他們的拖累。

——所有與癌有關的聯想……

我畢竟是有血有肉的人，我畢竟還是脆弱的。

體內的鈣降得十分慢，因此動手術的日期耽延着，另外要做的特別試驗又未輪到。我的健康情況卻一天一天有進步。

在懸着許多大問號的當中，我在醫院裏過着平靜的日子，在學習以前從未學習過的功課。

當然，醫院裏的日子，無論表面如何平靜，底下總是醞釀動盪、不安，和各種悲劇。

對面病室住着一個中年男子，已進入肝癌後期，天天靠打嗎啡止痛。可能所有的止痛藥用多了都會失效，又可能有別的原因，醫生囑咐護士不能給他注射多過某分量，可憐的病人，在痛苦難當的時候，追在護士小姐後面，乞求她們給他多打一針。護士小姐匆匆逃避，或哄他，或罵他，就是不能答應他的要求。

噫，這麼多年來我總拂不掉那幅悲慘的圖畫：那滿佈血絲的眼睛、抽搐的臉、淒厲的呼求、絕望的追逐……

這就是醫院生活。醫院不是一個鳥語花香的地方；醫院佈滿了埋伏着的危機、計時炸彈、慘不忍睹的景象、令人心酸落淚的事件。

在等待真相揭露期間的一個晚上，我不小心把桌上的杯子砸破了，滿地都是玻璃碎片。

一個白衫黑褲的女工進來，默默地把地上的殘局收拾好。

「這兒，一點點，給你的。」我塞給她五塊錢小費。(那時候廉政公署還沒成立，一般醫院的規矩還接受小費。)

「不，」她輕輕地把我的手推開。「我跟你不熟，沒服侍過你，不該要這個錢。」

她的視線落在我牀几上的《聖經》。

「你也是信主的？」

我點點頭。「你也是？」我們就這樣聊起來。

「小姐，上帝在我身上的恩典太多了。我一雙腿就是祂醫好的。醫生說已經沒有希望，我躺在醫院裏，動也不能動，只有禱告。教會的弟兄姊妹也為我禱告。然後我昏迷了三天，醒過來就好了。也不用開刀。我昏迷過去，就像被人家打了麻醉針……」她愈講愈起勁。

「我今年六十多歲了，身體還是這麼健壯。」我原來沒想到她有這麼大的年紀，仔細端詳，眼角的皺紋果然不少，眼睛瞇成一條線，好像視力不大好，可是皮膚卻很光潤。

「我無論做什麼都是為上帝而做，每天東奔西跑也不覺得疲倦。我當的是夜班，白天只睡幾個小時，其餘時間都是為上帝工作，到處傳福音。我書讀得少，沒什麼學問，不會做大事；可是我天天為病人禱告，上帝也聽我的禱告，輪到我當值的那個病房，病人都睡得安安穩穩，一夜平安無事。」

「小姐，我們來做個禱告，好嗎？」她一手把房門關緊，站在我牀邊，很自然地為我禱告。

朦朧的燈光下，白衫黑褲的身影，站在我牀頭為我的病禱告。這情景真美，連續幾個晚上，我關上燈就感覺她站在我牀邊。我深信這老嫗單純的信心更易達到上帝的寶座前。

我又深深相信上帝安排她在她的工作崗位上，對病人的確會有她的貢獻，尤其對一般貧苦大眾，她純一的信心和愛心的行動有力地扶持着我們。所謂知識分子，平日口裏講得硬，科學、哲學、神學、心理學、社會學一大堆書包亂拋，可是在病魔纏繞，肉體、精神都不舒適之中，海德格、雅斯培的「實存」的玄思，田立克的神學論點，佛經裏面超越的境界——一切理論都變得毫無意義。病人所須要知道和經驗的，是一位能實在臨到他們的神，一位慈愛的天父，一位隨時隨地聽他們禱告、安慰他們、又有能力醫治他們的主。

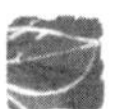

當我從醫生泄露了的「口風」中，發現癌的可能性愈來愈大的時候，竟有一股勇氣使我挺身起來迎向它：

癌真是那麼可怕嗎？

然而若比起其他罪惡的果子及表現，癌不會比戰爭、暴亂、飛機劫持更可怕，或兇狠的謀殺、殘暴的酷刑、無人性的屠殺、洗腦……

死亡之路也真是那麼可怕嗎？

多少先聖先賢都憑着信心通過那條路去了。我豈不可以跟着詩人大衞唱道：

「我雖然行過死蔭的幽谷，也不怕遭害，因為你與我同在；你的杖，你的竿，都安慰我。」(〈詩篇〉23：4)

那首孩童時代在主日學唱的聖詩，突然變得非常實在：

「死亡冷河我不怕過，因有耶穌親手領我。」

假如我還存着懼怕，只是因為我對上帝的愛還認識得不夠透徹，正如「愛的使徒」約翰所寫的：

「上帝就是愛；住在愛裏面的，就是住在上帝裏面，上帝也住在他裏面。……愛裏沒有懼怕；愛既完全，就把懼怕除去。……」(〈約翰一書〉4：16-18)

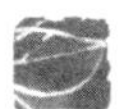

上帝固然是我們看不見、摸不到的，然而上帝的愛藉着屬祂的羣體具體地表現出來。從世界各地，我不斷收到許多來信：

「在台灣的同工、同學們迫切地為你禱告。」

「我們在洛杉機的弟兄姊妹不斷地記念着你。」

「在新加坡的各個不同團契的禱告會中，常常為你代禱，有許多人是你根本不認識的。」

在加拿大，在菲律賓，遠自紐西蘭……

每天有數不清的禱告為我獻在壇上（這個思想簡直可以教我全身燃燒起來），有這許多人為我禱告，可以隨時期待各種神蹟的出現；有這許多許多的人為我禱告，沒有什麼是可怕的——無論什麼事情發生都不會是可怕的。

1970年11月　香港某醫院放射治療部

做放射同位素診斷的檢查，已進入第三天。

我一動不動地躺在那部前後左右移動的機器底下，幾乎連思想也停止了。一片靜止，只有那部奇怪的機器每次移動位置就發出「卡嚓」的聲音，這規律的節奏催眠着我，陷入矇矇矓矓半寐的狀態。

最後一下「卡嚓」，機器停頓了。技術人員走過來，把我扶起。我看到她捲起一張滿是線和點的白紙。前一天也有這樣的一張白紙，那是儀器審視身體以後所發出的電波信號。

「今天可以知道結果了吧？」我怯怯地問技術員。

她遲疑了一下：「差不多了，待會兒你去見醫生，他會告訴你的。」

然後她以更親切、溫柔的語調問我：「你自己覺得怎樣？有沒有什麼不舒服？」

從她的語調我馬上猜到了結果。

「醫生，我希望知道結果。」我驚訝於自己的平靜。

「嗯……嗯……」那位放射治療專家慢吞吞地回答：「是有這種情形……不過可幸你這個癌發展得非常慢，而目前你還能吸收碘。它蔓延到肺部可能也有好幾年了，不過只要我們能控制它，使它不致擴散到別的地方，你還可以活很久，十年八載不定、或甚至十多年……誰曉得……」（當然，也可能只有一、兩年。哪個醫生能絕對確定病人的壽命？）

接着他又解釋：「你這種癌是甲狀腺癌中最溫和的一種。」

他頓了一下，嚴肅與詼諧的表情交織着在他臉上掠過：「假如我也一定要有的話，我就挑你這種。」

醫治的悲哀

在初期震盪過後，繼之而來的是對死亡消極的嚮往。在一個如此動盪不安的世界，一個人性愈來愈湮沒的年代，以自己如此荏弱的身軀，死亡未嘗不是教人期待的。況且死亡可以解決自己所不願面對的問題。

可是每當這個思想出現，我總會羞慚起來。我知道只要我被這種思想籠罩，死亡不會臨到我，因為那是對生命的逃避，對上帝的託付不忠。

我不知道什麼時候死亡會臨到。或許直到有一天，我從靈魂深處呼喊：我要活下去！為上帝活下去，為愛我的人活下去！縱然要忍受折磨、痛苦及各種威脅，我願意接受考驗、正視問題。

哦！讓我們不要去查詢、追究痛苦的來源與根由，這是超出我們範圍的。(讓我們拾取一點古希臘人的智慧。) 我們所需要的是正視痛苦的勇氣、忍受痛苦的力量，在痛苦中獲得的安慰與鼓舞、從痛苦中所產生的善良的果子。

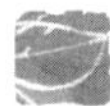

小手術動過了，報告還沒有下來，卻先輪到做那個特別試驗。

是放射同位素試驗。那是當時比較新的醫學方法，據說對癌症的診斷最為準確。全香港一共也沒幾部這種機器，我當時養病的醫院沒有，因此要回到我以前第一次入院的公立醫院去。這是我離開香港後第一次回到那家醫院，以前在放射治療部遇到的那位醫生已晉升為專家。

手術報告發下來了，淋巴腺橫切片化驗的結果是「陽性的」。現實擺在眼前，過去的診斷沒有錯誤，當下的診斷更多方面證實沒有錯誤。

那是 1970 年秋，我給診斷是癌症復發，而且蔓延到肺部。自此真相大白，我第一次對自己的病歷和病情清楚地、全盤地掌握了。到了年底，我從極度虛弱中漸漸復原，雖然鈣的平衡仍然未能完全穩定下來，然而大崩潰事件總算告一段落。

最令人難以接受的是：癌的復發不過是「偶然」的發現，與大崩潰完全無關。大崩潰不是因為癌的侵蝕；相反地，是因為多年前要治好癌才導致日後的惡果。

這是現代科技的驕傲，抑現代科技的悲哀!? 我不知道。我只知道我從死亡中給救回來，不過要時刻面對更可怕的威脅。

我從來沒有身受過「癌」加給我的痛楚，然而我卻飽受「醫治」的辛酸。這些辛酸與年日俱增，而鮮為人所了解。當人人都是談「癌」色變，我卻聞「鈣」心寒。放射治療治死了癌細胞，同時也破壞了我體內許多正常的、健康的細胞。

我如何申訴一個一生靠藥物維持生命的病人的悲哀？

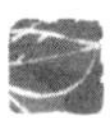

在大崩潰期間，我首先寫了〈只有祝福〉一文；獲悉癌症復發後，我接着寫了〈仍是祝福〉*。是冰心《寄小讀者》的一句話引發了我的靈感，她寫道：

「我生命中只有『花』和『光』和『愛』；我生命中只有祝福，沒有咒詛。」

冰心在她的年代，以一個年僅雙十、未經世故的少女來講這句話是不難的；我在大崩潰期間，身體心靈都受到極度磨折，寫出「只有祝福」這句話，自問不是隨便浪漫一番。我説這句話，我知道我的憑藉是什麼。

古代一位希伯來詩人，在歷盡人生百態之餘，寫道：「我因信，所以如此説話。」使徒保羅，生活的老戰士，他套用了詩人的話，並且昂然加強了語調説：「我們也信，所以也説話。」(〈哥林多後書〉4:13)。當時我以病中極微弱的聲音，也願跟着他們呼喊：「我也信，所以也説話。」

*〈只有祝福〉、〈仍是祝福〉最初發表在《校園》雜誌，後來結集於《祇有祝福》(台北：校園團契出版社，1973)。

然而不管怎麼樣，在大崩潰期間也總有些浪漫的成分。一則當時被太多的愛所沉溺、太濃的溫馨所包圍——數不清的花朵、慰問卡、小詩、小紙條——的確嘗到具體的祝福，二則我一直感到我不會活下去太久，以致在一種高潮之中，苦難也都給昇華成為祝福。

死是不難的，活下去才不容易。經過了十年後的今天，經過了更多辛酸、面對更多困難的今天，我要再寫這句話，需要的是遠超過我自己有的信心。

今天，我仍然願意憑着信心數算我的祝福；然而今天我也願意作一點點的修訂。

我的生命不但有祝福，也是在咒詛底下。我深深地感受是在一種咒詛底下。

然而這種咒詛不算是我個人的，而是全人類的枷鎖。全人類都在罪惡的咒詛之下呻吟喘息。罪的惡果無論在人類生理、心理、及生活各方面表露無遺，它的權勢張牙舞爪地伸展到每一個角落，而我不過在這苦難的洪爐中與億億萬萬的人共同呻吟喘息。

噫，苦難的根源不是我們此生此世所能解決的。我所憑藉的惟有是超越苦難、勝過苦難的信心。

蘇恩佩的「創作小天地」——香港聖安德烈中心辦公室。

正常與不正常之間

他（耶穌基督）對我說：

「我的恩典夠你用的，

因為我的能力是在人的軟弱上顯得完全。」

〈哥林多後書〉12：9

佇立在新加坡的《前哨》

1970年底，我帶着大病初愈的身體，跑到新加坡去吸取陽光。同時在新加坡神學院旁聽課程，作點研究。那是來自該院院長的邀請。我的醫生說：「也好。不然你孱弱的身體恐怕吃不消冬天的寒冷。」

新加坡的陽光和空氣果然有效，幾個月之內我的體重增加了十磅。不過當初沒料到的是：我居然在那邊辦起雜誌來了。

其實主要是一羣南洋大學的畢業生和學生發起的，我只是湊個熱鬧。不過由於我有點經驗，竟被他們推舉當起主編來。

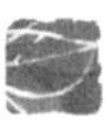

《前哨》雜誌的創刊縱不能說是可歌可泣，總也有其動人的一

頁。在〈創刊詞〉裏我們寫道：

「……我們有着沉重的使命感——對我們的時代、我們的社會。我們了解人類心靈最大的需要是一個方向、一個奉獻的祭壇、一個使人不惜付出一切的目標。……今天千千萬萬熱血奔騰的亞洲青年站在生命的門檻，以混雜着焦慮與期待的心情向周圍的世界探望觀看，欲有所行動，卻踟躕不前；在迷惘中摸索，找不到方向；要往前衝，又不曉得目的地在哪兒。在這裏我們怯怯地，卻是無限懇切地（由於我們生命中一些經歷給我們的催迫）嘗試着指出生命的定義，詮釋理想和信仰……我們大膽地承擔起『前哨』的責任：我們佇立在守望樓，一刻也不容鬆懈；我們站在前線，準備隨時作必要的犧牲……」

那些真是熱血沸騰的日子……

那時候南洋大學還沒有給關閉*，屬於人文和民族理想的南大精

* 新加坡南洋大學（1955 - 1980）以華文教學，校址位於雲南園，首任校長是林語堂。後因政治氣候和新加坡政府重英輕華，不承認該校學位，爆發衝突。六十年代中軍警更數度進入校園，逮捕學生，封閉學生會，剝奪出版權。學生展開絕食抗議、請願……七十年代末任校長改制為英語教學，終與新加坡大學合併。

神還沒有死，雲南園仍然沸騰着。我和南大的朋友無論在思想感情上都沒有隔膜。炎黃子孫的民族意識是根深蒂固的，何況我們又給信仰的結連繫着。

我前前後後在南大住過不少日子，多少個暮靄晨曦消磨在雲南園，足跡遍佈重慶路、儒林徑、南洋灣。即使今天我的夢裏仍然會出現細緻有情的相思樹、嬌艷欲滴的九重葛。在新加坡前後不足兩年，卻建立了一些畢生之久的情誼。

我編了幾期《前哨》就離開了新加坡。《前哨》的實力確不足夠，無論從經濟、人手、策劃各方面而言，我們那一輩只是憑一股熱誠，對大眾傳播的了解不夠、經驗尚淺。我離開以後，《前哨》繼續出版了一段時期就遭遇很大的困難，後來也只是苟延殘喘地維持下去。事實上在新加坡的政治氣候，《前哨》是無法吐芽長大的。不過，無論如何，《前哨》代表了一個很美的夢想。

在籌備出版《前哨》時期，我的健康情況到底是怎樣？不錯，在養病初期，新加坡的陽光和空氣為我添了十磅體重；然而一旦開始研究和寫作，更且捲入了一些繁忙的工作中，我的體重就漸漸下降。

操勞的生活於我並不宜，因為當時醫生為了控制癌的蔓延，給我服重分量的甲狀腺藥，以致甲狀腺分泌過多，整個人經常在一種不平衡的狀態中。心悸、顫抖、冒汗，是一些明顯的症候；而最不方便的是新陳代謝太快，幾乎每隔兩、三個小時便要進食一次，否則會支持不住。

因此我無論到哪裏去，都要在皮包裏放着一些糕餅、巧克力之類。醫生為了幫助我鎮壓這種甲狀腺高亢的情況，允許我服相當分量的鎮靜劑，不然我簡直無法過一個比較正常的生活。可是，即使在大量鎮靜劑鎮壓之下，仍然有好幾回在走路的時候，突感心臟不適，天旋地轉地幾乎昏厥過去。

怪不得認識我的人都驚訝像我這樣荏弱的一個人，怎麼可能應付各種繁重的工作。這裏就讓一位《前哨》的戰友代我説話吧。在一篇送別我的文章裏，他寫道：

「她雖軟弱，卻比我們任何一個人更有負擔；她雖婉轉，卻對事物有一定的看法，也因此堅持了她的信仰立場。她很文靜，卻很深邃；她説話很輕，但文筆鋒利如調千軍萬馬。她是『部分時間』的幹事，卻承擔超越她體力所能勝任的全時間工作：會議、輔導、查經、領會，還要讀書、寫文章。最後，《前哨》出現了，她還要跑印刷廠、與印刷商討價，策劃設計、催稿、補版、校對……一天當中，只要誤了一杯水和幾塊餅乾的『快餐』，身體就要不支，非得以手托着額頭不能繼續下去……」

我離開新加坡的時候，體重降了十磅，打回原形。固然是因為移民法例我必須離開，精力的過度消耗也危害我的健康，這下我又再回到香港養病去了！

我能為這個城市做什麼

1972年底我回到香港，正式停留下來。

那年的冬天不算寒冷，然而我仍在厚厚的衣服層裏瑟縮。帶着一身的孱弱，說不上是什麼味道。說是「病人」卻又行動如常，彷彿正常人一般，說是「好人」卻又有很多不正常的地方。生活倒真是很悠閒，整天躲在家裏，第一次做了無業遊民，除了替人家修改一些翻譯，再沒有正式的工作。我不曉得前面還有什麼迂迴曲折的路、什麼要攀登的山峰，我只感到生命停頓了，體力太差，太多限制，再也不能做什麼。

然而各種衝擊卻是接踵而來，不容許我久耽悠閒。

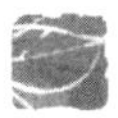

七十年代初期的香港社會急遽變化，罪案激增，青少年問題更令人怵目驚心。離開香港多年，我的感受特別強烈。在給新加坡友人一封公開信上*，我寫道：

「這個城市發展得太快，變得太多了。只有天空沒有變。今年的初冬，天空仍是一樣的藍，白雲飄得一樣的遠。除此以外，海洋也變了（多少個海灣已被填為陸地）；山色也變了（多少曾綠過的山峰被削成褐土）；而變得最厲害的是我們的社會、我們的青年人！

「在有陽光的日子我會到天台去踱步，從一座座大廈的隙間還可以窺到『小山』的一角。我的心渴想上小山想得發痛（我家後面的小山，印滿了我從兒童到青年時代的足跡）。小山該是多寂寞啊！可是快要被窒息的香港人卻不敢到山林去吸取一點空氣（前個月有母子倆清晨到水塘附近散步，竟被搶匪殺害了）。我們把自己緊緊關在大鐵門裏，有人按鈴，我們心驚膽跳地從大門的一個『玻璃眼』去窺視一下誰在外面。我們不敢信任陌生人。我們踏進電梯的時候，隨時擔心有人『箍頸』，把我們身上的東西掠去。無論白天晚上，我們若走在稍僻靜的地方，便要提防一陣冷風襲來，涼涼的刀子貼近

*〈我能為這個城市做什麼？〉刊於《前哨》四期（1972）。

體膚；我們身上帶的錢若『不令人滿意』，刀子是無情的，拿刀的人更是無情。我們的中學生在『被踢入會』的威脅下驚惶度日，在放學回家途中害怕隨時會給圍攻而死在血泊中。暴力的濫用、人命的低賤、人性的歪曲已到頂點。

「而最令我們驚心怵目的是大多數罪犯的年齡在二十一歲以下。這是我們自己的年輕人！這究竟是誰的責任？

「而我們的教會繼續着每週的例常聚會，我們的會友都是循規蹈矩的中產階級……（目前惟一令我振奮的是那一小撮基督徒在九龍城寨所展開的工作。我盼望有一天把在那個『禁城』裏發生的動人心魄的故事寫出來。）

「在有陽光的日子我仍然在天台上踱步。想起這個城市每分鐘所發生的血腥罪行，我的心就痙攣。我為我的城市哭泣。

「『上帝啊，我能為這城市做什麼？』……我有的只是一個病弱的身軀、一枝禿筆。從來沒有像現在那樣強烈地為着人世間的罪惡而悲傷，從來沒有那樣強烈地感到自己的不足。」

在西人去向得以体會神的愛的奇妙。（我們愛，因為神先愛我們）啊，所付出的一切都是值得的、太值得的。於是我發誓要愛神更多，要為祂的國度流盡心靈的每一滴血。

×　×　×

回到了我的第一家鄉——香港。

快有十年了，自從我離開了這地方，每次回來，都是匆匆的，除了前年住醫院那次，沒有駐足超過三个月以上的。這个城市發展得這么快，它已經對我變得很陌生了。只有天空是沒有變——今年的初冬，天空仍是一樣的高、一樣的晴、一樣的藍，白云仍是飄得那樣遠。只有最高的大霧

航空稿紙

Y.B. 20×25＝500

蘇恩佩手稿〈我能為這個城市做什麼？〉

给陈晴 箴言
1972年十二月脱稿

我能为这个城市做什么？

苏恩佩

"Till we meet again, till we meet again,
Shalom, Shalom, "註一

在一群弟兄们嘹亮雄壮的祝福声中，我带着闪烁的微笑进了departure gate，从此离开了我的第五个家乡註二一星期后。在候机室里，上到飞机上，从里面裂开了的心灵一直涌流出那么多的液体，我的眼睛擦了又擦，擦了又湿。泪眼模糊中，那一张张诚挚的脸孔浮现起来，显得那么清晰、那么真实。在那一刹那，我知道我的泪水是甜的，我的整个灵魂在极其痛苦与幸福的混合中融化……。来竟的付出了全部的爱，又拥有了与曾遇了太多了的爱，竟

突破運動

「我能為這城市做什麼？」

沒想到這微弱的呼喊竟是一顆爆炸性的種子，日後茁長出「突破」的運動。

「突破」的故事不在這小書範圍內。不過論傳奇性、戲劇性，和本書的故事有着異曲同工之妙。

我和「突破」另一位創始人C君的偶遇就在這一段時期……一個沁着寒氣的深冬夜晚，在九龍城寨，當時他從加拿大學醫歸來不久，在一間醫院工作。我們倆對這城市的負擔都在心裏面燃燒得熱剌剌的，只是大家都還沒有凝固什麼大計劃、大目標。

1973年的春天一定是個很特別的春天。那一年的春天不但為大地帶來盎盎生機，也為香港的社會帶來突破。這一切在冥冥中自有上天的奇妙安排，然而在開始的時候從人的角度看，只不過是「偶然」的機緣。

這偶然的機緣把一小撮基督徒聚在一起，有海外歸來的，也有一直在本地工作的*。他們有一些共同的理想、共同的人生觀；還有，對香港青年共同的關切。他們竟都有一股傻勁要辦一份青年刊物，務必要與眾不同，但又務要在報攤芸芸眾刊物中佔得一席位。

這份刊物的封面不以明星、歌星的巨照作封面去吸引人，不以報道明星私生活、星座、時裝作噱頭，卻要適切時下青年的需要，填補他們心靈的空檔。這份刊物要成為社會的良心、先知的聲音、中流砥柱、暮鼓晨鐘……他們準備一開始就每期推銷兩萬份，第一年預算港幣二十五萬……在當時的環境來看，這羣人簡直在做白日夢！

*當時許多信仰與文化雜誌相繼停刊，教會少有談論社會思潮，蘇恩佩與志同道合者開創《突破》雜誌，其中有海外回歸的留學生如蔡元雲、詹維明、李金漢、錢北斗等，亦有本土學生工作者如李柏雄、周子森和梁永泰等。蘇恩佩在《突破》提出簡樸生活、創意生命，關心中國的泥土犁民，聆聽工友之聲……

然而當 1974 年 1 月《突破》雜誌面世的時候，一切夢境都化成真。

一個十九歲的大學預科生作出這樣的反應：

「突破！這幾乎是帶淚迸發出來的一聲，第一次聽到《突破》，就相信這是不知多少次禱告後的吶喊。」

身為總編輯的我在〈突破雋言〉中激動地寫道：

「到底我們要突破些什麼？我們就乾脆講出來吧：我們要突破罪性的枷鎖、現實環境的醜惡、沒有理想的黑暗，還有——物質主義的壓力和誘惑。」

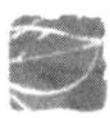

我終於決定接受《突破》總編輯的職位可也不是簡單的。雖然以前當過兩份雜誌的總編輯，可是《突破》才算得上是大眾傳播的

規模，而且不僅是一本雜誌，而是一個總動員的運動。

我們作過詳細的市場調查，並各種的研究；我們還要不斷在一個公開市場上與別的刊物競爭；我們的投資是很大的，經濟總是一項沉重的壓力，因此我們要嘗試走比較企業化的路線。另一方面，我們並沒有「後台老板」，我們所憑藉的是世人無法接受的「信心」。此外，我們還要動員很多很多的義工，包括編輯組、設計組、研究組、採訪組、營業組、輔導組等等。當時投身工場的工作人員除了我和C君（我們算是兼職的），還有一位全職的助理。其餘百多二百人全是義工，須由我們去推動。

不管怎麼說，這都是不可思議的事。1973年的我，體質上是半個病人，心理上缺乏自信，完全沒有勇氣去接受一份正常的工作。因此我只答應作「部分時間」的工作人員，我只敢接受一半的薪水。1973年7月我正式上班，開始傳遞「突破」的異象。到了12月中，二萬份的《突破》創刊號印好了，以後的幾期也都如輪子一般滾動。我忘了我領了多久的「半薪」，我只記得我做着三個人的工作。寫稿、改稿、校對的工作經常在半夜裏進行，而設計和貼稿則往往在週末和設計組的大夥兒一起開通宵。白天忙宣傳、公關和跑印刷廠，傍晚常常要和義工開會。

怪不得一位出版界的老前輩半認真半開玩笑地說：「每次你養病的結果就是出現一本新的雜誌。」

《突破》出刊了，社會上反應的熱烈超乎我們意料之外，訂單如雪片般飛至，讀者的信帶來鼓舞；電台的訪問，報界及其他團體的支持實在令我們振奮。《突破》發展的速度也幾乎要用幾何級數計算：不久我們開始輔導服務；不久我們開始在商業電台有「空中雜誌」節目；不久我們開始辦讀者營和「突破之夜」；不久我們從雙月刊變為單月刊。這一切都在兩年內發生，《突破》從一本雜誌演變為一個多元媒介的青年運動。

而我不知從什麼時候開始從「部分時間」轉為「全時間」工作。「全時間」當然就是「超時」的意思。那些日子經常每天工作十二、三小時，工作量與日俱增。

這還不算，那一段日子我還捲入了另一個漩渦，搞起戲劇來。

除了自己寫劇本，還參加劇社的活動。搞過戲劇的人都該知道這是個無底深潭，一旦掉下去可真是萬劫不復！時間和精神的支出是無法計算的。

那些日子到底是怎樣的日子!? 自己回想起來也驚訝不已。除了趕出每期的雜誌，和推動雜誌社的活動，還在寫劇本、排戲、搞宣傳、搞公關、編場刊……彷彿有用之不竭的精力從一個神奇的泉源湧流。又彷彿有仙人襄助，每當子夜的時鐘敲響十二下，仙人的棒子一揮，我頓時倦意全消，抖擻精神便把夜熬下去。只要能夠把夜熬下去，我就不怕工作趕不出來。幾乎所有重要的創作、趕工，都是在子夜完成的。多少年來我的呼吸和夜的呼吸相應。

然而最不可思議的是，那些日子我一直還是個進進出出醫院的病人。

我只是一個病人

在編輯室、會議室，我是指揮全盤工作的人員，在研討會、訓練班、讀者營，我看起來也勁道十足；可是一旦踏進醫院，我的人性一層層被剝下來了。

醫護人員可不管你是什麼人，正在作什麼事情，與別人有什麼關係（他們不可能有時間管這些），你只是一個病人。他們只管從臨牀診斷的角度來看你有沒有什麼大問題，至於你的病或你服的藥怎樣影響你的身體、你的情緒、你的生活和工作，這些你必須自己去面對、去接受，想辦法解決。

每次去醫院接受檢查，自我形象就低落到極點。在醫院裏，你不再是一個被重視、受愛戴、有獨特個性的人；你只是一個編號、一個被呼喊的名字、一個病案。你變得像個小女孩，害怕給人叱喝、責罵。你的尊嚴會隨時受損害。

我真的很不喜歡去醫院。那是一個戰場，一個令人緊張不安、不快樂的地方。每次走進醫院，即使是探望朋友，一嗅到那熟悉的味兒，立刻勾起許多不愉快的聯想，心底裏微微痙攣，有種想往外逃的感覺。

每三個月定期的檢查把我一年、一生的時間都劃分好了。看四次醫生，一年就過去了。看四十次，十年就過去了（這個思想好可怕！）除此以外，還有每半年或一年的肺部檢查，每一年或年半的放射同位素全身檢查。這都是我「該盡的本分」。

對一個長期病人來說，做病人做久了，我和醫生兩方面都會不耐煩。往往在例行檢查的時候，那位整個下午都在看病的醫生抬起疲乏的目光，望我一眼，一面俯首疾書，一面開炮式地發出連串問題：「你最近怎樣？有沒有覺得很累、完全沒有力氣、心跳、氣喘、不能做事情？……」我還未及開腔，醫生已經寫好病歷，開了藥方，於是我微笑作答：「這些情況都有，不過也習慣了。」醫生安然把藥方交給我，我也安然離開診室。

沒有力氣、不能做事情，那麼我的生活怎辦？醫生幾乎都沒有問及我生活上的困難。大概那不是醫生的事情，那是社會工作者的事情。不過我還沒需要見社會工作者。我還是幸運的。

一般來說，我總努力地盡我的本分，儘管是不愉快的差事。尤其是做放射同位素測驗，一個月前我就要開始準備，要停掉某些藥，要戒除某些食物，於是整個人又陷入不大正常的景況。我常常都想法子哄醫生拖延檢查的日子：「你看我不是好好的嗎？我沒什麼毛病啊！」我不管自己的健康情況，我只想逃避我的「責任」。而每次做完這重要的檢查，家裏或要好的朋友都緊張地追問結果，聽到沒什麼大問題才鬆一口氣。我自己也鬆一口氣，因為我不願意再惹什麼麻煩。

曾經有幾次，醫生和我商討，要不要給我進一步的治療——把一種含有大量放射性的碘喝下去，對付肺部的癌。

「還是徹底一點治療吧，免得好像放着一個計時炸彈似的，隨時有爆炸的可能。」另一位醫生說：「其實這個治療很簡單，不過你還是要來醫院住幾天，因為多少有些副作用……」

我聽後心裏打上好幾個結。我不怕害病，我最怕治療。治療的副作用我領教得多了，若做進一步的治療，恐怕身體不正常的情況會更嚴重。

幸而這事終於還是擱置，主要因為這幾年來我肺部的黑點保持原狀，沒有增多，也沒有增大。

一次一位不知底蘊的醫生看了我肺部的X光片，大為震驚，忙不迭地叫我準備作全身檢查，因為他發現我肺部的黑點增大了和增多了。

聽了這個消息，我的心沉下去。我想：「計時炸彈終於要爆炸了！」

那時候我正準備出發到中國大陸，是平生夢想的實現，是不容許受到攔阻的。為了健康問題已經掙扎太久，一直躊躇，不知有沒有可能去，現在一旦成行，實在不願意又為了健康的緣故擱下來。

「醫生，可不可以讓我從中國大陸旅行回來後才作檢查？我怕有什麼事情發生去不了。我很看重這次的旅行，覺得比自己的健康更重要。」我的反應非常快，非常堅決。

我不曉得那位醫生有沒有感到驚訝，不過他沒有反對。而當我從中國大陸回來，對這事愈想愈不對勁，終於鼓起勇氣請求醫生調查清楚。當醫生把以往的 X 光片也翻出來仔細比較，發現果然是一場虛驚——肺部的黑點的確存在，不過和幾年前的情況一樣。

這就是我的病令人困惑之處：說我的癌症已痊愈吧，肺部的黑點卻投下陰影；說我是個癌症病人吧，我的癌又彷彿完全靜止，停止了發展。

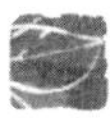

檢查還不止於放射治療部。內分泌科專家才是我最應該保持緊密聯絡的。以前在台灣的時候疏於檢查而鬧出彌天大禍，之後就學

乖了。不過說真的，我老是想逃開醫生的面；而醫生方面，說老實話，恐怕也給這個病人煩膩了。這麼多年的病人，這麼麻煩的病人。(不過由於長期作病人，我和好幾位醫生建立了長期的關係，他們耐心地、無條件地為我看病；我們又彼此看着對方成熟、衰老。那是一種很特殊的關係。)

1977 年，醫生偶然發現我的血壓相當高，於是把我抓進醫院去作徹底檢查。所有醫生能想得到的檢查都作了，卻查不出什麼來。

「可能是遺傳性的血壓高吧。」於是醫生開始給我降血壓藥。

然而，不好了！最輕微的降血壓藥，最輕微的分量，一服下去卻令血壓降得過低。這以後我和醫生不斷適應、調整，卻始終不能使血壓達到平衡。我的血壓不是升得很高，就是降得很低。

「看來你的自主神經系統出了毛病，怎麼出毛病的卻不得而知。是動手術弄壞了，還是電療電壞了，還是……」醫生終於放棄檢驗。不過他也附帶給我的警告：「無論如何，你最好還是少作點事情吧。《突破》雜誌總編輯的擔子非放下不可。我很少給人家忠告的，這回倒是破例了。」這位醫生是相熟的朋友，他了解我的工作情況。

自主神經系統出了毛病，當然不適合當總編輯了。既然醫生如此忠告，應該聽醫生的話。

只是醫生還不曉得那時候我們正在籌辦《突破少年》雜誌。我放下一個擔子，還有其他的擔子。

《突破少年》的理想

似乎我是一個不能停止去關懷的人。辦了《突破》幾年以後，我又開始去關心另一羣人。

處於尷尬年齡的少年人一向是被忽略的，太少人嘗試了解他們，投入他們的世界。其實十至十五歲是一生當中重要的成長時期，生理、心理都經歷巨大的變化，這些變化令成長中的少年人難於適應，也不易為成年人所接受。他們若是得不到適當的關注和引導，很容易會有反社會行為，又或嚴重地戕害自己，因而留下永久的傷痕。

可憐這一羣不但得不到該有的照顧，反而受到傳播媒介的蹂躪，暴力、色情、和各種扭曲的價值觀都在蠶食他們，剝奪他們的童真，使花蕾還未綻開便已早凋。

我當然不是惟一看到他們需要的人，一羣有心之士，包括心理學者、醫生、牧師、社會工作者、老師、傳播從業員等，也早就看到了；而當我們匯合起來，熱烈地提出手腦並用、活學活用、創作精神等等，這嶄新的少年運動展開了。

其實我並沒有為《突破少年》寫稿，連編輯工作也不在我的範圍，然而我負責的是推廣、宣傳、公關、行政、財務。

其實自從卸下了《突破》總編輯的職位，我們的出版社在幾個層面上都擴充了，除了辦雜誌，還出版書籍。由於一些人事因素，我竟身不由己地擔負起出版社的行政和財政來。這一直是個天大的笑話。一方面，在醫生囑咐我放下一個擔子之後，我竟挑起另一個更重的擔子；在別人都以為我無官一身輕的當兒，我實際上的責任是升了級。另一方面，以我的個性、才能和訓練，本來與行政、財政無緣，中學時代數學向來不及格，一看到數字就患急性偏頭痛，卻竟然要管理一盤兩、三百萬的賬目！還有，既云自主神經系統出毛病，卻要負責管理一個出版社的行政，而且工作不斷擴展，這簡直是不可思議的事。

這天大的笑話也進一步摧殘我的健康。《突破少年》比我們預料更困難、更棘手。這「電視文化的一代」沒有閱讀健康讀物的習慣，吸引他們注意力的東西太多，除了電視，還有電子遊戲、模型跑車、名牌運動裝和球鞋……還有淫穢邪惡的「公仔書」(低俗漫畫)……他們從兒童期飛步跨進成人世界，失落了少年心。

《突破少年》無論在經濟、人手、推銷方面都遭遇很大的挫折，仝人雖帶着披荊斬棘的精神，卻也真的弄得遍體鱗傷，精疲力竭。然而，我們並沒有氣餒；相反地，我們愈肯定當初推動少年運動的遠見是對的。

踏入八十年代，少年問題如計時炸彈，一觸即發，本來沉默的、被漠視的少年人，以暴力、以叛逆、以自毀、以自暴自棄來表達他們的控訴。成年人陡然發覺一些似懂事非懂事的大孩子在玩着一些危險的遊戲，遊戲的結果也可能摧毀成年世界，而這些大孩子原來就是他們的兒女、弟妹、學生。

《突破少年》的理想是值得推動的，我沒有後悔。不過為此我也要付上健康的代價。

身為一個出版社的負責人、青少年運動的推動者，我的生活是既繁忙又緊張。作為一個不正常的病人，我又有自己的生活方式、工作的方法。除了最親密的戰友，一般人也不太看得出我的問題。除了我自己，沒有一個人完全了解我在正常與不正常之間的掙扎。

從醫學的觀點看，我的確不是最嚴重的病人；還有太多、太多的病人長期經歷令人顫慄的煎熬。然而，我的個案卻一再被認為是「打破紀錄」。同時又令醫生感到束手無策。

有一次我患上嚴重的支氣管炎，我去見一位耳鼻喉科專家，他替我檢查的當兒，竟發現一個令他驚訝的事實：「從來沒有人告訴過你：你的一條聲帶損壞了？」

我楞楞地望着他，搖搖頭。

「我推測是在你以前動手術或接受放射治療時給弄壞的。不過，你說話那麼清楚玲瓏，簡直不能相信你只有一條聲帶在操作。你知道，正常的情況下該是兩條聲帶一起操作；若是只有一條聲帶，那得要有特別的治療課程來幫助你講話。」

「不過，」他又加上一句：「你還是應該注意一點，讓聲帶多休息，因為你的聲帶很容易發炎，每次講話不要超過半個小時。」

我這才恍然大悟。

記得早期動過手術以後，曾經有一段很長的時間不能講話，原來是一條聲帶給損壞了。可是後來又好起來，也沒有經過什麼治療課程。在大崩潰以前，體力比較強壯的時候，我可以對幾百人講話而不需要擴音器。不過，我的聲帶的確很容易發炎，支氣管發炎的時候，聲帶受影響，如果嚴重更會完全啞掉幾個星期。怪不得別人覺得我有些奇怪：有時候音質動人，有時候卻沙啞難聽；有時候講話很清楚很大聲，有時候卻微弱得要貼上耳朵才聽得到。

當然，鈣的不平衡也有影響。或許還有其他因素，反正我不時會感到呼吸困難、氣喘、不夠力氣講話，這些情況似乎愈來愈嚴重。現在的我，在公開講話的場合常遇上這些困難，這是一個困擾。

另一個困擾是口乾。據醫生説，我的唾液腺可能給放射治療破壞了一點，所以唾液分泌並不那麼正常；此外，體內的電解質（如鈣、鉀、鈉等）不平衡，也會引致口乾。表面看來是一件很小的事，可是嚴重起來，喉嚨乾涸得像擘裂一樣，相當難受的；而且我要不停地喝水，否則我不能講話、不能吃東西，這都對我的生活和工作造成不便。

更大的困擾是食道受損。本來我也不曉得我的食道受到損壞，醫生也不曉得，因為早期沒有出現問題。可是後來發現吃東西愈來愈慢了（小時候在家裏吃飯的速度可以拿第一名的），再後來慢到一個不可忍受的程度；而且吞東西愈來愈困難，若不注意咀嚼，隨時可以噎死。又後來發現吞水吞藥都有困難了，於是醫生給我做了一個特別試驗，結果發現食道某一部分的神經收縮反應不靈了。那是最窄的一部分，若再收窄下去，只能吞流質，那時我就會給活生生地餓死了。最低限度再也不能如常地行動、工作。

我問醫生有沒有什麼補救方法，醫生躊躇地回答：「有是有的。要動一個手術，把食道弄寬一點。不過，要是你還能夠慢慢吞東西，就暫時不用考慮這個手術。」

我頷首，沒有再問下去。經驗告訴我：多動一個手術，多破壞一點原來天然的創造，就帶來更多的惡果。

我把情況告訴了一位長輩，她是個癌症專家，在美國最負盛名的癌症研究醫院從事研究工作。她很認真地想了一下：「你動過手術，又經過放射治療已那麼多年，照說應該已達到惡果的高峰……讓我們希望，讓我們祈禱，情況不會再壞下去。那種手術，可以不動還是不要動。」

借來的時間

希望、祈禱——這就是每天支持我活下去的力量。

醫生們比任何人更清楚，我的生命不在他們手中。

體內的電解質會隨時失去平衡，危及身體的災禍會隨之而來，生命也隨即受到威脅。即使我遵守服藥的分量，體內的電解質也會突然失去平衡，因為還有其他的因素影響着這些化學元素。即使做研究工作的醫學教授也不能完全說出個所以然來。

我常常問醫生「為什麼我會這樣那樣」，他們也只能支吾以對。

有些當醫生的朋友跟我開玩笑：「待你去世以後，應該把你的身體解剖，看看你這個人到底有什麼竅妙。」

我自己則渴想做一個「正常」的人，渴想和其他的人一樣過平凡而正常的一生。

比起很多病人——尤其貧苦的病人——我仍然算是幸福的。有時候坐在公立醫院的候診室裏，混在那些禿了半邊頭、皮膚一塊塊瘀黑、眼神呆滯的貧病交加的人中，我這個穿着整齊光鮮、目光炯炯有神的人，簡直像是「點錯名」、「摸錯門」的。

然而痛苦就在於長期地、一生之久地當病人。這種情況令人對生命產生厭倦，往往導致情緒低落。

我的困擾和生活上的不便又豈只前面所述的幾種！

這麼多年來我經常在一種不穩定的狀態中，每一天、每一個時辰都變幻無定。可能是內分泌不正常；可能是鈣或其他電解質不平衡；可能是心臟及血液循環不好，我不曉得，或許連我的醫生都不曉得。往往在早晨醒過來，我心力疲弱，感到要昏厥或甚至休克，恐懼攫住我，因為彷彿這一刻就要完了。我考慮請家人打電話給醫生、給醫院的急救室，然而這些衝動都捺住了。我靜靜地躺着、躺着，躺半個早晨、躺一個早晨，直躺到我有足夠的心力起來上班去。辦公室的人看我工作如常，很難想像我經歷了怎樣的掙扎。

又往往在辦公室裏本來好好的，剛剛開完一個會議，或正在跟客人講話，陡然心臟狂跳，陣陣暈眩，瀕於休克，必須馬上躺下來，立時服一顆隨身帶備的鎮靜劑。這種情況有時很嚴重，須要完全休息；有時不那麼嚴重，休息一會兒又如常工作。

可怕的是，往往在我體內的鈣成分偏高，或血壓比較高的時候，外表看來精神卻比平常的還要好，大家都說我看來「神采飛揚」，卻不曉得我真實的情況正處於危險線上。

我這人責任心很重，做人太認真了一點，多半時候都肩負超過自己能力的工作。據一些做醫生的朋友向我解釋，我的甲狀腺經已割除，不能像常人一般作出適當的分泌，以應付身體的需求。當我興奮的時候，或勉強自己要振奮起來的時候，體內的另一種腺——腎上腺——只得奮起應急，大量分泌腎上腺素來供應我的需求。然而這腎上腺素其中一項功能本是為了「緊急情況」而分泌的，若在普通情況便提用它，實在不是良策。況且，每次在提高警覺、在一種緊張的狀態之後，隨之而來的便是極度疲勞，這樣對身體也沒有好處。可惜那些看到我「神采飛揚」的人們看不到我在興奮過後那疲倦不堪的樣子，不然他們會對我憐惜一點。

這樣的一個病人確實不易為人了解，可幸和我一起創辦《突破》的C君原是醫生出身，只有他比較了解我過的是怎樣的生活。我的個性、為人、我要負的責任，和我背後隱伏的危機，他都曉得。為此我有無盡的感激。要不是有他的關懷、照顧和體諒，這些艱難的歲月恐怕會變得很苦澀哩。

就是這樣，在正常與不正常之間，我完成學業，我越洲渡洋，我編雜誌、寫作、管行政，搞運動⋯⋯在借來的時間裏面，我被一種緊迫鞭策着，我不願輕易地放鬆自己，我不能讓時間無意義地溜

過。

像使徒保羅一樣，我身上帶着一根刺；或許我沒有像保羅那樣正式求上帝叫這根刺離開我（可能在下意識中我覺得在我身上的禍害是已經發生了，而不能叫它「沒有發生」吧），但是從上帝來的信息也是同樣地肯定：「我的恩典夠你用的，因為我的能力是在人的軟弱上顯得完全。」

1977年9月　香港某醫院內科病室

又是因為血壓失去平衡，醫生吩咐入院檢查。一連串的檢驗，包括驗腎和驗血管的一些很先進的檢驗，把我弄得煩不勝煩。

不過，醫院生涯已是家常便飯，即使是煩也得接受事實。

就在一個沒有安排檢查的早上，抱着一種接受現實的心情，我坐在牀上看書。主診的內科醫學教授率領着一羣醫生進來了，這是臨牀指導時間。

這位醫學教授認識我好多年了——從她做駐院醫生到今天當了教授。她是一位態度認真、心地善良的醫生。

教授唸唸有詞地嘰咕了一堆醫學名詞，我沒聽懂。不過她很清楚地講了幾句話，我聽得很清楚，也聽得很感激：

「這個病人是很活躍的，她的工作很有貢獻，很有意義。她的個案可算是一個神蹟。」

生命

（左起）：突破早期辦事處（德誠街）、編輯義工組及放映活動。

仍是祝福……

「在世上，你們有苦難；
但你們可以放心，
我已經勝了世界。」

〈約翰福音〉16：33

自從我被判定有癌症以後，十二年已經過去，而我不但生活得像平常人一樣，而且做事情絕不比平常人少。無論如何，我感謝上帝允許我在幸福的「無知」中為祂活了十二年……

現在「知道」了，我心中只有一個意念，那就是我的生命本來就不屬我，現在更清楚知道這個事實；以我的日子，除了完全為主而活之外，似乎不可能有別的目標。

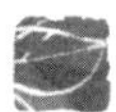

在幾次面對永恆的經歷中，我確定了信仰在我身上所造成的區別，完全體驗到我的信仰的真實。我所認識而事奉的耶穌基督不是一個觀念、一套理論，乃是實存的本身——又真又活的神。因着祂在十字架上的救贖，因着祂復活的大能，我可以隨時坦然正視死亡。

我願憑着信心像約伯後來那樣呼喊：我的救贖主活着。

「我們凡事都不叫人有妨礙，免得這職分被人毀謗；反倒在各樣的事上表明自己是上帝的用人，就如在許多的忍耐、患難、窮乏、困苦、鞭打、監禁、擾亂、勤勞、警醒、不食、廉潔、知識、恆忍、恩慈、聖靈的感化、無偽的愛心、真實的道理、上帝的大能；仁義的兵器在左在右；榮耀、羞辱，惡名、美名；似乎是誘惑人的，卻是誠實的；似乎不為人所知，卻是人所共知的；似乎要死，卻是活着的；似乎受責罰，卻是不至喪命的；似乎憂愁，卻是常常快樂的；似乎貧窮，卻是叫許多人富足的；似乎一無所有，卻是樣樣都有的。」(〈哥林多後書〉6：3-10)

這種信心的宣告，乃基於對上帝——信心的對象——的真實與肯定的認識，及之間深切的愛的關係。信與愛所產生的盼望，絕對不是一種虛渺的幻想或浪漫的樂觀，而是閃耀在痛苦之上的光芒。

往往當我陷在疑惑、憂悶中，耳邊便彷彿又聽到救主當年的聲音，那樣平靜、撫慰、有力的聲音；眼前彷彿看見祂坐在山頭，愛憐地注視着祂面前那成千成萬肉體心靈都飢渴、軟弱的羣眾，說道：

「不要為生命憂慮吃什麼，喝什麼；為身體憂慮穿什麼。生命不勝於飲食嗎？身體不勝於衣裳嗎？你們看那天上的飛鳥，也不種，也不收，也不積蓄在倉裏，你們的天父尚且養活牠。你們不比飛鳥貴重得多嗎？你們哪一個能用思慮使壽數多加一刻呢？何必為衣裳憂慮呢？你想野地裏的百合花怎麼長起來；它也不勞苦，也不紡線。然而我告訴你們，就是所羅門極榮華的時候，他所穿戴的，還不如這花一朵呢！你們這小信的人哪！野地裏的草今天還在，明天就丟在爐裏，上帝還給它這樣的妝飾，何況你們呢！」(〈馬太福音〉6：25-30)

當我為將來的遭遇憂慮，那份壓力緊緊壓制着心靈的時候，主耶穌那句簡單的話釋放了我——

「不要為明天憂慮，因為明天自有明天的憂慮；一天的難處一天當就夠了。」(同上，6：34)

以前沒有體會到這句似乎十分簡單、平常的話，原來蘊含着如此深邃的智慧和能力。上帝的同在是每時每刻的，上帝的應許也是每天兌現的；我們這小信的人，徒然背負着「將來」的重荷！假如我還存着懼怕，那只是因為我對神的愛還認識得不夠透徹。

我的生命只有祝福，沒有咒詛。

尤其在這次病中，我被那麼濃郁的愛所圍繞，甚至有些時候我簡直覺得承擔不了。我感到 overwhelmed（只有這個英文字能稍為表達我的感受）。

我的病室永遠溫馨、愉快。沒有一束花或一個花籃是應酬式的，每一朵花都經過買者精心的選擇。

我沒有太多的訪客，因為大家都要讓我休息。

不敢說我沒有憂悶的時光，不過確實不敢有半句怨言。

不敢說我沒有憂慮，尤其當事情還沒有臨到；然而事情一旦臨到，例如在手術室，在放射試驗室，上帝的同在是那樣實在。我惟願每個病人都能享受到祂的恩典。若還有餘年，只當以此為目標：帶領更多人認識上帝。

不敢說當我知道了身上還帶着癌的時候，完全沒有恐懼；然而身上帶着癌而活，的確有它的獨特感——不敢說「美感」，免得因過分誇張而顯得褻瀆。

初中時代讀過一本英文小說，內容情節全忘光了，只記得裏面有一位基督徒太太，一天去醫生處檢查，發現已得了不治之症，只有三年的壽命。以後她回憶說那三年是她一生中最美的時光，因為每一天她都願意活得最充實，而不願留下絲毫的遺憾；不願說出一句不仁慈的話，做一件傷害人的事……這故事固然有它浪漫的成分，但從屬靈的角度，一個基督徒身上帶着「死」而活，的確是一種祝福。

我的生命原來應該在十多年前就結束了，神允許她活了這些日子，我的內心只有充滿了感謝。過往的路徑上滴滿了恩典的脂油，我有理由相信前面的路，不管是長是短，只會有更多的恩典。

死亡，你未能殺我

上帝，

求賜我寧靜以接受我所不能改變的事情，

勇氣以改變我所能改變的；

以及智慧好分辨這兩者之間的區別。

〈安詳的禱文〉

——尼布爾

在離開美國到台灣工作之前，面對一條「未可知」的道路，心裏不無恐懼、戰慄。那時候我抄下一首英文小詩在卡片上，致送給最關懷我的兩位恩師——系裏面我最敬愛的教授——請他們在禱告中記念我。

那是一首聖詩，調用愛爾蘭民謠，一直是我心愛的詩歌：

I would be true, for there are those who trust me;
I would be pure, for there are those who care;
I would be strong, for there is much to suffer;
I would be brave, for there is much to bear.

I would be friend to all, the friendless, the foe;
I would be giving, and forget the gift;
I would be humble, for I know my weakness;
I would look up to God, and laugh, and love, and lift.

在我抄下這首小詩的時候，我不知道前面真的有那麼多痛苦，要我剛強起來；有那麼多試煉要忍受，要我拿出勇氣來。我慶幸抄下了這首小詩，送給那些在人生戰場上的戰士，因為我真的需要他們的支持。

那些信任我的人的信任、關懷我的人的關懷，自成一堵可靠的牆，防止我倒下去。在我沮喪、喪志、心灰意冷、心靈疲憊的當兒，我靠在這堵牆上，喘息、哭泣，終於得到安慰。

多少次，我失去信心，我墮落，幾乎要對生命不忠……我掉下幽暗的深淵，好長的時間看不到出路，終於也還是攀着那堵牆爬了出來。是怎樣的智慧，感動寫詩的人寫出那雋言!?是怎樣的慈憐，感動我抄下那首詩，銘記自己心中，也鏤刻在別人的心版上!?

在經歷了大半生的疾病、痛苦之後，我清楚知道，能置我於死地的不是死亡，而是失去對生命的信心、失去對生存的渴求。

死，是不難的，活下去才不容易。死可以是自棄、自閉、自隱、自戕，然而活下去卻須要自重、自愛，開放自己、接受自己。活下去需要很大的信心和勇氣，更需要一種動力。

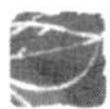

在大崩潰期間一次住院中，情況不大好，自己要求把「謝絕探訪」的牌子掛起來，除了一位照顧我的伯母之外，誰也不許進來。

一天下午，一聲輕輕的叩門聲，接着兩個頭探進來，一男一女，是我在醫學院團契輔導的同學。伯母忙走出去「擋駕」。過了一會兒，捧着一束鮮花和一張卡片進來。

「我替你擋住他們了。」

「他們走了嗎？」我盯住那束鮮花，心裏一陣難過，霍地從牀上坐起來：「請喊他們回來！我還是見見他們。」

（矛盾！）

門開處，出現兩張尷尬的臉孔。

「我們不會留太久。」男孩子囁嚅着：「我們只想看你一眼，只要看一看。我們帶來的花已交給了護士……」

讓了一會兒後，女的碰碰男的，臉上泛起紅暈：「我們練好了……」

男的接下去：「是的，我們練好了一首詩歌，要唱給你聽……」

我這才注意到他們手中的詩本和《聖經》。

「我們練了很久呢，不過唱得不好……」

我見一人身懸十架，流血痛苦難當，
當他倦眼向我一看，我就靠近架旁。
主是為我捨命十架，何等痛苦難過，
我今奉獻為主而活，因他受死為我。

空氣裏盪漾着女中音和男高音，並不十分和諧，但當我閉目倚在牀上聆聽，我彷彿從未聽過這樣美的音樂！我感覺周圍的環境變了，雖閉着眼睛，然而我可以感覺到整個房間瀉滿了無法形容的光輝。

這一幕一直鏤刻心版上。

就是「身懸十架」那個人向我重新詮釋了痛苦。他憔悴的臉容、乾癟的身體具體地說明他與人類苦難完全的認同。十字架是個令人顫慄的符號。那個人永恆地將死亡判了死刑。

那個人給我的生命賦予意義。

蘇恩佩生平

蘇恩佩三十年代末生於香港，曾在港澳兩地受教育。早年就讀於香港英華女校，接觸基督信仰，決志把生命獻給上帝。預科畢業考上香港大學，卻寧選擇入讀師範，再隻身離家往當時偏遠的荃灣當小學老師六年，愛護一羣貧窮和被人忽視的孩子。其後卻因甲狀腺癌病發，被迫終止教學生涯。

1963 年，大病休養不久即赴美國進修，六十年代在芝加哥惠頓大學（Wheaton College）攻讀英美文學，於慕迪聖經學院（Moody Bible Institute）兼讀神學，裝備自己服侍青少年。身在海外，她強烈感到中國人無根的悲哀、海外知識分子欠缺委身目標的困惑與掙扎。她決意回到需要自己的中國人中間，貢獻所有。

完成美國學業，恩佩回應呼召到台灣投入校園福音工作，並擔任《校園》雜誌主編，發表一系列思潮文章，促成雜誌轉型為「基督徒知識分子的刊物」。

及至她的身體累垮了，經歷一次病情的「大崩潰」，她才回港接受治療，卻發現癌病復發和擴散。然而她有驚人的生命力和意志，每次病得近乎絕望時，又奇蹟地康復，還承擔比常人加倍的工作，其間先後在新加坡、香港創辦三份雜誌:《前哨》(1972)、《突破》(1974)、《突破少年》(1979)。

1972 年，她因病情惡化再度返港定居。她對香港有一份難喻的悲憫，有清晰的使命感，更擔負先知先覺的角色，洞察時局的變幻，幫助失落的青少年正視自己的處境和問題。透過突破運動，抗衡世俗物質主義倡導的消費文化，她提出簡樸生活、屬靈生活操練等睿智遠見;女性角色、對中國承擔等現代社會文化課題，也是她所關心的;並且始終不忘致力培訓基督教文字創作人才。

她從無間斷地創作、翻譯，從小說《仄徑》到劇本《春分之後》，恩佩的作品都是她人格、信仰的反映。

恩佩委身服侍香港青少年，一直到她逝世的那天，不顧荏弱的身體，緊守着崗位，把近十年的光華毫無保留獻上了。

1982 年 4 月 11 日復活節，恩佩在香港瑪麗醫院因心臟衰竭而離世，被主接回天家。她的生命曾燃亮許多心靈，直到今天，仍然觸動、說話，充滿祝福。

參考自李淑潔:《蘇恩佩文集》總序〈相期亦不違——寄生活的戰士〉;何盛華:《蘇恩佩姊妹追思禮拜特刊》〈燒盡．點燃〉。

跋　三十五年不止息的真情！

恩佩，二十六年前的復活節清晨，你回到天父的懷中；我一直沒有忘記你在長途電話中，給我留下的最後一句話：「沒有遺憾！」

你的一生真的沒有遺憾；因為你不單在身體諸般軟弱中經歷神的能力，更是被神的愛深深澆灌在你的生命中，一生散發着不止息的真情：滋潤了你身邊的人，燃點了「突破運動」，照亮這個你深愛的城、以及你從來沒有忘懷的故鄉中國。

在「突破」與你成為十載的親密戰友，感激你那份亦師亦友的真情。三十五年前，當你輕聲對我説：「元雲，你等候禱告，看看是否神引導你投身青年工作。」我真的有些困惑，我能夠為這個城市的青少年做什麼？我真的適合做青年工作者嗎？神真的在呼召我嗎？

回顧三十五年，我不再懷疑青年工作是神賜給我的召命，熱愛青少年的心仍在燃燒。恩佩，感動你的靈今天仍在挑旺我！

恩佩，當年你身邊的小弟弟永泰，今天是突破機構總幹事；你的小妹妹淑潔是突破國際培訓組的資深生命導師——你那份對文化和生命更新全心承擔的真情，透過他們仍然感染着突破同工和義工的生命。

你可能沒有想過，當年突破的義工盧龍光、余達心，和同工梁家麟，現在都成為神學院院長；義工周子森是牧師，李金漢、宋恩榮、江丕盛都是大學教授。《突破》的編輯文蘭芳、何盛華、吳思源仍是文字工場的精兵，設計組的義工許朝英是出版社社長……突破運動孕育了一代神國的工人，他們的身上盛載着你那甘心獻身委身服侍神的真情。

在天國的那邊，你已為我們迎迓：曾經與你共事的同工梁淑賢（設計組），她代表了突破對美術和創作的尊重；當年你親自迎接成為活動組同工的謝文策（更新園），我們不能忘懷他對神的清心和對青少年的熱愛；甚至未有機會與你同工的廖錦芬和鄭淑薇（外事組），她們的事奉顯明了突破是和香港、國內、海外的夥伴同心同行；還有作叔和明姐，多年來在幕後默默進行維修、清潔的工作，支援着每位同工和義工……這些是我深深懷念的突破人，他們都先後與你一同享受父懷中的安息。他們的離開在我們心中留下不能填補的空缺；卻是神不斷再感動一代接一代的新人，延續這個祂親自啟動的運動。

今天在突破事奉的同工義工，只有幾位曾經與你同工；然而你留下的文字仍然傳遞你堅守使命的真情。最近「突破框框」[1]的青年人用心細讀你的文章〈我能為這個城市做什麼？〉，尋找突破起初從神而來的異象；我也曾多次與新同工到你的墓前悼念，我用你留下來的《聖經》與他們一同細讀、默想你用紅筆勾畫的經文："The fire must be kept burning on the altar continuously; it must not go out."（〈利未記〉6：13）

我們發現：突破的異象、你心中長燃的火——都是從神的靈、神的話而來的。我們亦樂意將身體獻上成為活祭、被神燃點，成為代代相傳的生命之火。

神的愛在你心中當年點着的火種，一直沒有熄滅。你雖未能親身在突破中心和突破青年村與這一代的突破同工、義工、青少年共處過；然而我們都有同一個信念：「夢．改變世界」——是從神而來的夢，是從聖靈而來的能力，改變我們的城市、國家，和世界。

恩佩，我們第一次相遇是在九龍城寨，你對那羣被遺忘的青少年的真情觸動了我。在香港這璀璨奪目的城市裏，一直有不少被遺忘的幽暗角落，隱藏着被標籤為失敗者的青少年。是神呼召我們進入這些角落，與青少年同行。所以，我想你一定會很高興知道一羣「天Teen」青年最近在天水圍主辦青年節[2]，祝福了那邊的家庭。你亦一定會被「師徒創路學堂」[3]畢業生的生命改變所感動：他們都曾經在會考失意，今天再出發、以愛神愛人的真情祝福他們的家人、回饋這個城市！讓我們親自見證：原來他們在神的眼中，每個都是如此珍貴，他們的生命一樣可以發出獨特的光芒。

恩佩，我沒有忘記你當年踏上萬里長城、並在北京街頭與小孩子的合照——眼神和笑容中蘊含着對鄉土和骨肉之親的真情。今天你一定會十分欣喜：香港在九七回歸後，神為我們在國內開了一扇廣闊的門。倘若你今天仍在我們身旁，你一定會與我們並肩探訪北京的民工家庭，表達對民工子女的關懷；同時親眼看見那些少年人的勤奮動力、和父母為子女的前途晝夜勞苦的愛心。你又一定會與我們一同走進四川大地震的災場，慰問那些失去子女的父母、與雙親永別的孤兒！親身見證那些住在臨時帳棚和板間房裏的災民，仍是熱情接待我們，流露出無比的抗逆力——我真的覺得好像在做夢一樣，神沒有忘記我們骨肉之親，是祂的愛在滋潤每一個乾渴的心靈。

「死亡，別狂傲」——恩佩，你先回到天父的懷中；你從十字架的基督領受的真情，直到今天仍在燃點一代接一代的突破同工、義工，及本港、國內、海外的青少年。當年你在美國留學時埋葬了自己愛情的夢，是神呼召了你，回歸亞洲，在台灣、新加坡和香港，藉着文字和生命傳遞從神而來的真情，燃點了幾代青少年心中的愛。

恩佩，懷念你：三十五年——不止息的真情！

蔡元雲

突破機構榮譽總幹事

2008 年 8 月 香港

1.「突破框框」為突破機構青年會員、義工組織。

2.「天 Teen」是一羣矢志服侍天水圍社區的教會青年。

3.「師徒創路學堂」為一羣會考零分學生提供各方面培訓，幫助他們重新發現個人價值及多元才華。